死化粧

funayama yusuke
舟山勇介

グッドタイム出版

目次

八月十一日

「嘘でしょ」

受話器を電話機の本体に戻した母に私はきいた。

「ついさっき別れたばかりなんだよ」

昨晩、病室で父と握手をして別れてから、まだ半日も経っていなかった。

「今すぐ病院に来てくれって。準備できる?」

母は私の問いかけには答えず、病院から連絡があったことだけを私に伝えた。

「嘘だよね」

母の顔を見つめて言っても、母は私の顔を見ようとはしない。余裕がないのか、それとも何かを思いつめているのか、私の言葉自体が母の耳には届いていない感じであった。

こうなると、話しかけてももう返事が返ってこないことは、これまでの経験からもよくわかっていた。

「わかった。すぐに着替えるよ」

諦めてそれ以上は訊かず、私は急いで出かけるための準備をした。

「大丈夫?忘れものはない?」

玄関口で靴を履き終えた私に、ようやく母は口を開いた。病院から電話が掛かってきてから出かけるまでの間、母は一言も口をきこうとはしなかった。

「大丈夫だよ。お母さんは?」

「わたしも大丈夫よ」

「よし、じゃあ行こう」

母に向かって返事をすると、私は玄関の扉を開けた。

外は雨が降っていた。日出の時間はもう疾うに過ぎているはずなのに、空に明るさはない。まだ未明のような暗さだった。傘を差して大通りまで歩き、そこで野良のタクシーが通るのを待った。

「こんな時間にタクシーなんか来るのかな」

私は道路に目を向けたまま母に言った。

通りには私たちのほかには誰一人として人通りはなく、道路の交通量も疎らだった。眼前を通過する車が水しぶきを上げながら一台二台と前を通り過ぎる度、オレンジ色のヘッドライトに照らし出されて空から降る幾千筋もの雨が白く浮かび上がる。

「お父さんを病院に連れていくときに何回かここでつかまえたけど、けっこう通るものよ」

母が答えた。

「そうなんだ」

私は祈るような気持で道路を見つめた。心は今すぐにでも父が待っているであろう病院に向かいたかった。本当なら一分一秒でも時間を無駄にはしたくないのに、こうしていつ来るかもわからない空車のタクシーをただ黙って待つしかないのはつらかった。それでも、電車やバスを乗り継いで病院まで向かう手間や時間を考えると、このままここでタクシーを待つより他に選択肢はない。

時折風が強く吹いて、霧吹きで吹きかけたような粒子の細かい雨が傘を持つ手を濡らした。八月に降る雨とは思えない、冷たい雨だった。

「あっ、来た」

母が声を上げた。

母の声に反応し視線を先に向けると、遠く向こうの道路からこちらに向かって近づいてくる黄色い車体の車が見えた。フロントガラスに設置されたランプに、空車の文字が赤く灯っている。

私は大きく手を上げて、タクシーを迎え入れるための合図を送った。

＊

「市民病院までお願いします」

開いたドアから軀を滑り込ませるようにしてタクシーの後部座席に乗り込むと、行き先を運転手に伝えた。ここから病院までは環状道路を使って二十分ほどの距離である。続いて、折りたたみ傘をたたみながら、母が乗り込んでくる。私は軽くお尻を浮かせて運転席の後ろ側に移った。電子音が鳴り、ドアが閉まる。運転手がハンドルを握り直し、すぐに車は動き出した。

吹きつけるようにして降る激しい雨がフロントガラスの表面にぶつかる度無数の粒となって視界を埋めてゆく。ワイパーが、それを拭い取ろうとしてはせわしなく上下に動いた。車内のカーステレオからはラジオが流れていて、男女のディスクジョッキーが何かお喋りをしている。ボリュームを絞っているのか小さな声で、車体やフロントガラスに打ちつける雨の音にかき消され、ほとんど会話を聞き取ることはできなかった。

私は昨夜のことを考えていた。昨夜寝る前に聞いたあの声のことが頭から離れなかった。

「あれは、あの声はやはり父の声だったのだろうか？」

昨夜、午前二時過ぎ、遅くまで遊んでいたテレビゲームにようやく区切りがついて、私は自室から寝室へと向かおうとしているところだった。

「・・・・」

不意にどこからか私の名前を呼ぶ声がして、私は足をとめた。

それは何処か遠い処から呼ばれているような声だった。それでいて、普段日常生活で耳にするような、家の外からきこえてくるような声ともはっきりと性質の異なる、不思議な響きを持った声だった。決して幻聴などではなかった。

嫌な感じがした。私は耳をすませてもう一度その声を聞こうとした。

しかし、耳をすませてみても何もきこえてはこない。部屋の静かさが却って不気味に感じられてきた。

私は曖昧な気持のまま寝室に行き、寝床に入った。あの声は何だったのだろう、と頭に引っかかるものを残したまま、やがて眠りに落ちた。

そして、今朝の電話である。

あの眠りを引き裂くようにして一階から鳴り響いた電話の呼び出し音をきいたとき、瞬間、私の頭に浮かんだのは昨夜のあの声のことだった。そして、あの声は父の声だったのではないか、と思った。

本来鳴るはずのない時間に鳴った電話の不穏な響きと、昨夜あの声を聞いたときに感じた嫌な感じとが、頭の中で重なったのだ。

布団から飛び起き、駆け下りるようにして二階から一階の居間に下りて電話の掛け主が父の入院している病院からだと分かると、一層その思いは強くなった。病院に行くための着替えをしている間も、あの声は父の声だった、という考えが頭から離れなかった。

しかし一方では、そのことを疑う気持も私の中では動いていた。

「はたして、そんなことが本当に起こりうるのだろうか？」

私は心の中で自問自答した。

第一、私があの声をきいたとき、私は父のことなどは一瞬たりとも思い浮かべたり思い出したりなどはしていなかったのである。もしあの声が本当に父の声であったのなら、私はなぜあのとき父に呼ばれたと思わなかったのか。もし本当に父に呼ばれていたのなら、私は父に呼ばれたと思ったはずではないのか。そう思わなかったということは、あの声は父の声ではなかったという何よりの証左ではないのか。それなのに、私はあの声は父の声だったのではないかと考え、その思いに半ば確信に近いものを抱いている。これはいったいどういうことなのだろう。

理屈では、それを否定する言葉が私の頭にはいくらでも浮かんできた。

しかし、本能が、あの声は父の声だったと私に訴えかけ、それを私は否定することができない。直感が、あの声はたしかに父の声だった、と主張する。……

考え事をしている間にも、車は順調に病院へと向かっていた。幸いなことに一度も渋滞に巻き込まれることもなく一般道から環状道路に入った。俄かに視界が開け、まだ眠ったままの街並みを横目に、車はどんどんと加速してゆく。

「お母さん」

「なに?」

「お父さん、大丈夫かな。病院は何て言ってたの?」

「とにかく急いで来てくださいって」

病院から電話が掛かってきた直後に訊いたときと、返ってきた言葉は変らなかった。ただ、それを応える母の言葉のニュアンスが最初のときとはずいぶん変っていて、返ってきた言葉の感じが幾分やわらかくなったような気がした。最初に訊いたときはこれ以上の会話を拒絶するような印象を母から受けたが、タクシーでの母はそれがなくなっていた。

心に少し余裕ができたのかな。

そう思った。

「それだけ?ほかには何も言ってなかったの?そんなことある?」

重ねて私が訊くと、

「わたしだってわからないのよ。病院が、とにかく急いで来てくださいって言うから、本当にそれしかきいてないのよ」

母が言った。それ以上のことは、本当に母も何も知らされていないようだった。

「お父さん、大丈夫だよね。昨日だって、また明日ねって、握手をして別れたんだよ」

私は言った。言いながらも、昨日の父の姿がまだ私の目の前にいるかのようにありありと思い出されるのだった。

昨夜父と別れるときにはまさかこんなことになるとは夢にも思わなかった。父は一昨日余命宣告を受けたばかりだったが、トイレに行くのにも自分の足で歩けるくらいにはまだまだ元気だったし、父からも差し迫ったような印象は全く受けなかった。

私はもっと段階を踏んで父との別れを経過してゆくものと思っていた。こんなにも早く別れが来てしまうかもしれないなどとは思いもしなかった。私は、自分がこうしてタクシーに乗って病院へと向かっていることが嘘のことのように思えて仕方がなかった。病院で父と別れてから、まだ半日も経っていなかった。

「大丈夫よ。お父さん、あれで案外しぶといんだから」

母が言った。母は、父が元気でいてくれていることを寸分も疑っていないようだった。

車が左に一度大きくカーブを曲がり、環状道路をぬけて再び一般道に入った。

見慣れた町並みが、目に映ってきた。

＊

病院の前に到着すると、タクシーから降り、半ば駆け出すようにして父の病室へと向かった。

まだ正面の玄関は解放されてはおらず、病院脇にある、休日・夜間用の出入口から病院の中に入った。

左手に守衛室がある細い通路を抜け、エレベーターに乗る。

どうか無事でいてほしい。どうか間に合ってください。

祈るような気持だった。

エレベーターを五階で降り、まだ消灯したままの暗いフロアーを早足で進んだ。そして、左右に病室が並ぶ廊下の一番奥、突き当たりにある父の病室の扉を開けた。

父はベッドの上にいた。昨夜別れたときとは逆の枕の向きで、足をこちら側に向けて、父はベッドの上に寝かされていた。

父のベッドの傍で作業をしていた看護師の女性が私たちの到着に気づき、申し訳なさそうな顔で私たちのことを見た。その瞬間、私は全てを悟った。

「嘘でしょ」

ベッドの上に無言で横たわる父に言った。

「いくらなんでも早すぎるでしょ」

あまりにも呆気ない、父の最期だった。

「お父さん、どうしてよ」

母がベッドの上の父に駆け寄っていき、覆い被さるようにして父の顔に触れた。

「お父さん、まだあたたかいじゃないのよ。お父さん、お父さん」

父の顔を撫でながら、母は父を呼び起こそうとでもするかのように、何度も父のことを呼んだ。そして、父を見つめたまま私の名前を呼んで、

「ほら、あんたもお父さんのこと触ってあげなさい」

私に言った。

母に促され、私も父の顔に触れた。

父の顔にはまだ温もりが残っていてあたたかかった。

涙が溢れてきた。

「キスしてあげたら」

ふと思いつき、私は母に言った。

「お父さんもきっとよろこぶよ」

「うん」

母が父の顔を両手の平で包み込み、父の唇に唇を重ねた。

「あっ、すごい。お父さん、すごくいい顔になったよ。お父さん、絶対よろこんでるよ」

母が父の唇から顔を離すと、明らかに父の表情が変ったように見えた。父の目元がやさしくほころんで、口角が上がり、まるで母からのキスをよろこんでいるかのように笑顔になった。

父が病気になる前は本当によく二人はキスをしていた。キスをせがむのはいつも決まって父の方で、母は嫌がりながらも父のキスを受け入れる、という形だった。

「お父さんのチュウはベタベタするから嫌なのよ」

父からキスをされそうになると、母はいつもそう言っては、父のキスを拒もうとした。それでも、父は諦めることなく母に迫ってゆき、最後には必ず母の唇を獲得するのだ。

思えば、母から父にキスをしに行く姿を見たのはこれがはじめてかもしれなかった。

それからも、母は父との名残を惜しむように何度も父の唇に唇を重ね合わせた。

愛おしむように父の頬を撫でては、まるで父に命を吹き込もうとしているかのように、母は父にキスをしているように見えた。

しばらくして、私たちの様子が落ち着くと、傍で見守っていた看護師の女性が、父に何があったかを説明した。

「実はこういうことがありまして……」

看護師の説明によると、父はトイレで倒れていたところを見回りにきていた看護師に発見された。父は便器の前に前のめりの姿勢で倒れていたそうで、排泄をしようとして力んでいるときに倒れてしまったのではないか、ということだった。

「トイレに行くときには遠慮をせずにナースコールを押してくださいと吉田さんにはお伝えしていたのですが、吉田さんはご自身でトイレに行くことにこだわっていらっしゃいましたので、私どもとしましても、正直なところ、何時頃に吉田さんがトイレに行かれたのかははっきり把握できていません。午前三時にわたしが見回りに来たときには、吉田さんはまだベッドの上で眠っていらしたので、トイレに行かれたのはその後のことだと思うのですが……」

看護師の女性が、申し訳なさそうに言った。

昨夜のことが頭を過った。

便器の前で突っ伏すようにして倒れこみ、身を悶える父の姿が私の頭に浮かんできた。

「・・・・」

父が、その今際の際で、助けを求めようとして、声を絞り出すようにして私の名前を呼んでいる。

「それと、服を汚していましたので、勝手ながらカバンを見させてもらいまして、着替えをさせてもらいました」

看護師の女性が付け加えるように言った。

私は父を見た。言われてみてはじめて、父が昨日までとは違うパジャマを着ていることに気づいた。臙脂の布地に白いストライプがはいったパジャマで、母が父の誕生日のプレゼントにと買っていたものであった。

「そうでしたか。それはご迷惑をおかけしました」

私は看護師の女性にお礼を言った。

午前六時、主治医の女医が来て、父の死亡を確認した。

享年六十九歳。七月の中旬に誕生日を迎えてから、まだ一か月も経っていなかった。胸の痛みに耐えられないと急遽入院することになってから、わずか三日目の出来事だった。

女医は死亡診断書に父の詳細を記載すると、それを母に手渡した。そして、書類の取り扱いに関する注意点や、今後の事務的な手続きのことについても併せて説明した。

説明を聞いている間、私は女医の口から父に対して何か私的な感情を表明することを期待した。女医が父の余命を一か月から数か月と宣告してから、まだ三日と経っていなかったのだ。そのことに関して、「釈明」とまでは言わないにしろ、何か言及があってもいいと思っていた。

しかし、女医が父に対して気持を表明することは最後までなかった。お悔やみの言葉さえ、女医の口からは出てこなかった。

説明を済ませると、女医は看護師の女性に目くばせをして病室から出て行った。

それからのことは全て私の横で物事は進められていった。

＊

まず看護師の女性に促され、母は葬儀会社に電話をした。その葬儀会社は、以前祖父の亡くなった際にお世話になった葬儀会社で、家族が亡くなったときにはその会社に連絡をすることになっていた。その後で、兄に電話を掛け、父の死を伝えた。兄は出勤をする前だったが、急遽会社を休んで、病院に来ることになった。

そうしている間に、看護師の女性はそそくさと病室から出て行った。

何か後味の悪さを感じさせる退出だった。その姿を見ていた母が、私に病院の不手際を疑う言葉を口にした。

「なんかおかしいと思わない？医療事故でもあったんじゃないの？」

何か外的な要因でもなければあのお父さんが死ぬはずがない、とでも言いたそうな、母の口振りだった。

たしかに母の言うように私にも病院の対応には腑に落ちない思いはあった。余命を宣告された日数と父の死とにはあまりにも隔たりがあったし、看護師の説明を聞いてもいまいち父の亡くなった時の状況が把握できていないところがあった。

しかし、それを加味しても、私にはとても病院を責める気持にはなれなかった。私は父の死に直面して、完全に打ちのめされてしまっていたから。私は泣き続けていた。涙と鼻水がとめどなく出た。女医が出て行ってからのことは全て母と後から来た兄に任せて、私は一人感傷に浸っていた。もし残された者が私一人であったなら、とてもではないが一人で感傷になどは浸ってはいられなかっただろう。父の死亡が確認されてから十数分後には、既に幾つもの煩雑な手続きが始められていたから。

母の姿を見ても、もう悲しみに浸っているような様子は感じられなかった。後から駆け付けて来た兄も、父の亡骸に触れて、一言二言父に向かってささやくと、すぐに母と今後のことについての会話を始めていた。

私だけが、何をするでもなく一人父のベッドの横の椅子に座り、只々父のことを眺めていた。

涙が止まって少し落ち着いたと思っても、父の顔を見ると再び涙が溢れた。

母や兄は、そんな私のことを黙認して、そっと私のしたいままにしておいてくれた。私にもそれはわかって、二人の厚意に甘えるようにして、好きなだけ私は感傷に浸った。

＊

午前八時、葬儀会社から担当の人がきた。

背の高い若い男性で、まだ青年と云ってもいい風貌の人だった。男性の手配した葬儀会社の車で、早くも父は家に帰ることになった。

私は母と一緒に父の荷物をまとめ、病室を退去するための準備をした。

父のベッドサイドテーブルの上には、まだ今日の朝飲む予定だった薬がトレイの上に並べられたままだった。軽く見ただけでも、カプセル型の薬や、それぞれ別の形状をした錠剤（円く平べったい形をしたものや、ガラスのレンズのように中心部がふくらんでいる形をしたもの）、粉末薬まであって、父はこんなにも大量の薬を飲んでいたのかと、あらためて一回に飲む薬の量の多さに驚かされた。

その様々な種類の薬の中に混ざって、一つだけプラスチックの袋に包装された細長い筒の形をしたものがあった。

一目で、それが何か私にはわかった。

その私の人差し指ほどの長さと大きさの袋は、他の薬とは異なり商業用にパッケージングがされていて、その袋の表面には、「らくらく服薬ゼリー」と表記されていた。昨夜私が父に話して、病院の地下にあるコンビニまで探しに行き、見つけられなかったものだった。

「そうかあ、ここは病院だものなあ。わざわざコンビニなんかに探しに行かなくても、はじめから看護師さんにきいてみればよかったんだ」

私は心の中で呟いた。

きっと父は昨夜の私の言葉を気にとどめていて、私が帰った後、巡回に来た看護師にこの製品のことを訊ねてみたのだろう。

「昨日の夜お前が帰った後、看護師さんに息子がこういう商品があるって言ってたんだけど、ってきいてみたら、病院にもありますよって、すぐに持ってきてくれたぞ」

そう私に向かって笑顔で言う父の姿が目に浮かぶようだった。

「本当だね。はじめから看護師さんにきいてみればよかったんだね」

私も父にそう返事をし、本当だったら笑い話の一つにでもなるはずだったのに。

「それで、今朝早速使ってみたけど、なかなかいいな、これ。教えてくれてありがとう」

私が聞きたかったはずの言葉が、幻の声となってきこえてきた。

私はそのらくらく服薬ゼリーを手にとって眺めてみた。トレイの上に置いてあったそれは、当然のようにまだ手つかずで、封も切られてはおらず、新品のままだった。

もっと早く気が付けばよかった。

私は後悔した。

これを使っていれば父ももう少しは楽に薬を飲むことができたかもしれなかったのに。

トレイの上の薬が空しく、そして悲しかった。

片付けはすぐに終った。元々、急遽決まったような入院であったし、持ってきていた荷物の量も必要最小限のものだけであった。

やがて、父を載せていくためのストレッチャーが病室に運び込まれてきた。

とうとう、この病室から出て行かなければならない時間になってしまったのであった。

看護師たちの手によって、父がベッドの上から、ストレッチャーの上に移される。

父の顔に白い布が被せられた。

看護師を先導にして、父を載せたストレッチャーは病院の中を運ばれていった。他の入院患者や来院の患者の目に父の姿が触れないようにするためか、途中からは裏道のような通路を通った。そして、今まで見たことのない裏口のエレベーターを使って、地下まで下りた。

エレベーターを降りると、そこは駐車場だった。

駐車場に出ると、今度は葬儀会社の男性が先頭に立ち、男性の手配した車の駐車されている所まで私たちを案内した。

男性に案内された先には銀色のライトバンが駐められてあった。

男性が、その駐車されているライトバンの背面まで行き、車のトランクを開ける。

俄かに、目の前に洞穴のような暗い空間が現れた。

車内全体が、収納のスペースになっているようだった。

ストレッチャーごと、父の軀がライトバンに移された。

「お一人さまだけ、お父さまの車とご一緒にご乗車いただけます」

男性が言った。

「あんたが乗っていきなさいよ。そのほうが、お父さんもきっとよろこぶわよ」

母が私に乗車を勧める。

「うん」

頷いて、それで私が父といっしょの車に乗車することになった。

「お母さんたちはどうするの？」

「わたしたちはタクシーに乗って後を追いかけるから大丈夫よ」

「わかった。じゃあ、あとでね」

「うん。あとでね」

「それではそろそろご準備をお願いします」

男性に促され、私は葬儀会社の車に向かった。

助手席側のドアを開けて待っていた男性は、私が車に乗り込んだのを見届けると、ドアを閉め、すぐに反対側に回り込んで運転席のドアを開けた。

ドライバーシートに乗り込んだ男性は、車のキースイッチにエンジンキーを挿し込み、それを回して車を起動させる。

エンジン音と共に車が小刻みに揺れて、俄かに車内が明るくなった。

男性が、ダッシュボードの中央にあるカーナビゲーションに触れて、目的地である私の家の住所を登録した。

「目的地までのナビゲーションを開始します」

女性の機械的なアナウンス音声が流れて、ナビ上に現在地の周辺地図が現れた。

「それでは出発します」

男性が車のクラクションを一度大きく鳴らし、その音を合図にするかのようにして車を発進させた。

すぐに車は駐車場の中を走り出し、地下から地上へと上がるスロープを、ゆっくりとのぼりはじめた。

死化粧

「おはよう」

二階の寝室から一階に下りて、居間でテレビを見ている母の背中に声をかけた。

「あ、おはよう」

振り向いた母が、返事をする。

「早いね。眠れた？」

時計を見ると、時刻はまだ午前七時を過ぎたばかりである。

「眠れた眠れた。もうぐっすり眠れた」

「葬儀会社の人が来るのって、何時頃だったっけ？」

母に訊ねる。

今日は、通夜当日である。午前中に葬儀会社から担当の人が派遣されてきて、父に死化粧が施されることになっていた。

「わからないけど、十時か十一時くらいには来るんじゃない」

「これで、ようやくエアコンが消せるね」

私は言った。

父が亡骸の姿で家に戻ってきてから、ちょうど一週間が過ぎていた。八月も中旬に差し掛かり、夏の暑さも盛りの真っ只中である。

父が家に戻ってきたときまず私たちが直面した問題は、通夜までの一週間父の軀をどう保護するか、だった。

困ったことに父の亡骸を安置している和室にはエアコンがなかった。通夜までの一週間は父の軀を低温で保つ必要があった。そこで、私たちは和室と居間との境にある襖を開け放ち、居間のエアコンを全開にして、間接的に和室を冷ますことにした。そうして、通夜までの一週間、居間のエアコンはほとんど停止することなく稼働し続けることになった。

設定温度は十六度である。

いくら夏の盛りとはいえ、居間に居続ける身としては寒かった。毎日が冷蔵庫の中で過ごしているようだった。私と母は長袖シャツの上にセーターを着込んで一日を過ごした。真夏にもかかわらず、である。

父が家に戻ってきてからの最初の三日間は、私は一度も家から外に出なかった。一日の間のほとんどの時間を、私は居間か和室で過ごした。

朝、目を覚まして布団から起き出てから、夜寝るために布団に入るまで、一度も太陽の光を軀に浴びることなく一日が終った。食事のとき、テレビのニュースを見ていると、連日気温は三十二度を超え、テレビの画面にはギラギラとした夏の日差しの下、タオルやハンカチで額や首元の汗を拭いながら歩く人々の姿が映し出されていた。この夏の異常ともいえる暑さに皆一様に苦悶の表情を浮かべていた。私は画面越しに今日の暑さを知るだけで、外を歩く人たちのように汗をかいたことは一度もなかった。むしろ、連日のエアコン部屋の中にいて、躯は芯から冷え切っていた。

四日目に、さすがに躯に異常を感じた。それもそのはずで、三日間も家に引きこもり、一度も太陽の日差しに当たることなく、真夏に真冬のような環境で過ごしていたのだ。そんな環境で過ごしていれば誰だって体調に異常をきたすに決まっている。私は自律神経の不調を自覚して、久しぶりに外へ出てみることにした。

三日ぶりに見る太陽は眩しかった。私は半そでシャツの上にカーディガンを羽織って外を歩いていた。外の気温は三十四度を超え、猛暑といえる暑さのはずであった。が、しかし不思議と暑さは感じなかった。ただ、歩いていてもどこか躯がふわふわとして、まるで雲の上を歩いているようだった。自分の足で歩いているという実感がなく、病気をした後のような感覚に似ていた。

私は家から歩いて五分ほどの距離にあるドラッグストアまで行った。ちようど、トイレットペーパーやティッシュペーパーなどの身のまわりに必要な物がなくなっていたところだったので、買い出しもかねての外出であった。

予定していた品物をカゴの中に入れ、私は店の中を歩いていた。店内には空調がガンガンに効いていて、カーディガンを羽織っていても寒いくらいであった。朝、体重計に乗ったとき、体重が5キロ近くも減っていたことをふと思い出し、とにかく水分を摂ろうと私はスポーツドリンクの置いてあるコーナーを探した。

すると、スポーツドリンクの置いてあるコーナーの棚に新商品が置かれているのが目に入った。「OS1」という、脱水症状になったときなどに飲む経口補水液の新商品で、それがゼリー状の飲料になったものであった。不意に、数日前の父がコップの水を飲むのにも苦労していたことを思い出した。

「きっとこのゼリーは、お父さんのような人にも飲みやすいように開発されたものだろうな」と思った。

水を飲むときの、顔全体を歪めるようにして嚥下していた父の表情が頭に浮かび、

「もっと早くこういう物に気づいていれば、お父さんももう少しは楽になれたかもしれないのにな」

そう思い、悲しくなった。

私はカゴにその商品を二つ入れて、会計のためにレジへと向かった。

そのような事情があり、エアコンの効いた部屋での七日間は、肉体的にもかなりきついものがあった。最初の日こそ、私は母と二人で父といっしょの部屋で寝たのだが、次の日からは、各々二階の自分の寝室に上がり、そこで別々に眠った。寝るときくらいは自然の室温の中でいないと、本当に軀がおかしくなりそうだった。私の寝室も母の寝室もエアコンは付いて

はおらず、したがって夜はかなり暑いはずであった。それでも、その暑さがかえって心地良く感じるくらいに私の軀は冷え切っていたのだ。

「蒼太たちはいつ来るって言ってたの?」

私は母に尋ねた。蒼太とは兄の名前である。

「早い時間には来るって言ってたけど」

と母が答える。

今日は兄だけでなく、兄の嫁さんや子どももいっしょに来るはずであった。

父に死化粧が施されれば、そのまま納棺に移り、一足先に父は葬儀会場に運ばれていくことになる。それを見届けるために、兄家族は来ることになっていた。

「まぁしかし、お父さんもよく保ってくれたね」

私は言った。

この七日間、毎日、葬儀会社から父の軀のメンテナンスのために担当の人が派遣されてきていた。一日目こそ、父は布団の上で寝かされ、生身の姿で一夜を過ごしたが、二日目からは葬儀会社の用意してきた簡易棺桶のような箱の中に入った。箱には、大量のドライアイスが入れられ、父の腐敗の進行を遅らせてくれた。

葬儀会社の人は毎日午前十時か十一時頃に来ては父のドライアイスの取り換えをしてくれた。そして、枕飾りのお線香やロウソクの補充をしてくれた。それは本当に丁寧すぎるくらい細やかな仕事ぶりで、香炉の灰などはまだきれいな状態なのに一々全てを取り除いてはまた新しい灰に入れ替えてくれた。父は葬儀会社のメンテナンスのおかげで七日間保ったようなものだった。

＊

午前十一時、来客を告げる玄関のチャイムが鳴った。

「はーい」

台所にいた母がチャイムの音に大声で返答し、居間のインターホンも確認せずに直接玄関へと向かう。

私は居間で兄夫婦といっしょにテレビを見ていた。玄関のチャイムには小型のカメラが内蔵されており、インターホンの液晶モニターから来客の姿が見えるようになっている。私はチャイムの応答をするためにソファーから立ち上がり、インターホンの前までいった。

画面には、こちらに向かって正対する女性の姿が映し出されていた。

「どうぞ、お入りください」

私がインターホンのスイッチを押して来客の応答をするより前に、母が玄関の扉を開け、来客の女性に言った。

「暮らしの友よりまいりました鈴木と申します」

玄関口から、女性の声がきこえてくる。

私は居間の扉を開けて玄関へと続く廊下に出た。

玄関の三和土に、女性が一人立っていた。白色のワイシャツに黒のベスト姿で、それが葬儀会社の制服のようだった。女性の年齢はまだ二十代くらいに見えた。玄関の扉が開いたままになっていて、開いたドアの隙間から女性を乗せてきたらしい車の後部ボディが見える。

女性と目が合った。

女性は私に対しても丁重に頭を下げ、母にしたのと同じように身分を名乗った。

私も頭を下げた。

「どうぞどうぞ、お入りください」

母が女性を家の中へと招き入れる。

「失礼します」

女性が履いていた靴を脱ぎ、家の中に足を踏み入れた。

母に誘導され、こちらに向かって歩いてくる。私は和室のドアを開けた。

「どうぞ、こちらにお入りください」

「失礼します」

女性が和室に入った。

和室には兄夫婦も居間から移ってきていて、私たちのことを待っていた。一歳児になる兄の子どもは、兄の嫁さんが抱きかかえていた。女性は兄たちに対しても丁重に頭を下げた。

「どうぞ、こちらにお座りください」

母が父の枕側に置いた座布団に女性に座るように促した。

「失礼します」

女性が母にすすめられた場所に座り、私たちは女性と向かい合う形で座った。

「暮らしの友よりまいりました鈴木と申します。この度は故人さまの旅立ちをお手伝いさせていただくため、やってまいりました」

あらためて、女性が身分を説明し、これから行う儀式の簡単な流れを説明する。

まずは、「湯灌の儀」というのが執り行われるようだった。その後で、身のまわりをきれいに整え、納棺の儀に移るという。

「故人さまが旅立つにあたって、死に装束というものをお体にまといます。これは、故人さまが死後極楽浄土を目指す際、着てゆくものと考えられております。故人さまが生前好んで着ておられたお洋服やお召し物をご家族さまで選んでいただけると、きっと故人さまもおよろこびになられると思います」

女性が、父の死装束について説明した。

「主人が今着ているものをそのまま着させてあげてください」

母が言った。

父は七日前に病院で死亡が確認された日からあるパジャマを身にまとっていた。それは臙脂の布地に白いストライプがはいった新品のパジャマで、父の誕生日プレゼントにと母が買っていたものだった。

「ちょっと待ってよ」

すぐに私は異をとなえた。

「相談もなしに勝手に決めないでよ」

「だけど、せっかく新しいパジャマを着ているんだから、そのまま着させてもらった方がいいじゃない」

「でも、もったいないじゃん」

私は言った。

「せっかくの新品を燃やしちゃうのはもったいないよ」

「もったいないって言ったたって……」

私の「もったいない」という言葉に、母は明らかに動揺した。私自身も、まさかそういう言葉が自分の口から出てくるとは思ってもいなかった。

「新品だからいいんじゃないの。それに、もったいないって言ったって、残してどうするのよ」

「オレが着るよ」

私は開き直って言った。

「バカ言ってんじゃゃないわよ」

「なんで?」

「なんでって、この一週間、ずっとお父さんが着ていたパジャマなのよ」

「いいじゃん、別に。オレが着るよ」

父が亡くなってからというもの、私は父の残した物に対して何でも愛着を感じるようになっていた。例えば、父が死の直前まで飲んでいた痛み止めの薬や、睡眠薬、病院の献立が書かれたメニューといったものまで、父を感じさせるものは全て捨てずに私は保管していた。

私は父のパジャマにも愛着を感じていた。父が死んでからの七日間、毎日私は父とそのパジャマを見続けてきたわけで、それが燃やされてなくなってしまうのはどうしても認められなかった。このパジャマだけは手元に残しておきたかった。

一方で、私とは逆に、母は父の残した物を遠ざけたいように見えた。先の父の飲み残した薬なども、病院の看護師さんに持って帰るかどうかきかれたとき、「そちらで処分してください」と、母は間髪入れずに看護師さんにそう答えた。父の残した物に対して母は微塵も未練を残していないようだった。母は、父を感じさせるものは視界にも入れたくない、というように私には見えた。

「汚ないわよ」

「汚なくないよ」

「汚ないって」

「洗えばいいじゃん」

私は譲らなかった。私は自分でもおかしいと思うような屁理屈をこねて、父のパジャマを残すよう主張した。

結局、最後には母が折れた。父は今着ているパジャマとは別のパジャマを死装束として、身にまとうことになった。

「それではこれより準備をはじめさせていただきます」

女性が立ち上がり、私たちに向かって一度お辞儀をすると、儀式の準備をするため部屋から出て行った。

間もなく、駐車場にとめてある葬儀会社の車から、父の身体を洗うために専用の浴槽が運ばれてきた。先の女性のほかにも同じ服装をした人が二人いた。家のお風呂を使うのかと思っていたが、この浴槽を使って、父を清めてくれるらしかった。浴槽は畳一帖ほどの大きさで、駐車場の車とホースで繋がっていた。車には水の入ったタンクが搭載されていて、そこから浴槽に給水されるようだった。

葬儀会社のスタッフ三人の手によって、湯灌の儀のための準備が進められていった。父を浴槽に移し替えるため、閉じられていた簡易棺桶のふたが外された。久しぶりに父の全身を見た。

父が浴槽に移され、全身を覆うようにしてタオルが被せられた。そうして、一度も肌が露出することなくパジャマが脱がされた。よく連携がとれていて全く無駄のない仕事だった。

やがて、準備が整った。浴槽の上に横たわる父を間にして、向かい合う形で私たちは女性と正対した。

「それでは只今より湯灌の儀式をはじめさせていただきたいとおもいます」

厳かな声音で女性が口上を述べ、湯灌の儀が始められた。

「湯灌の儀には故人さまのお身体を清めるという目的だけでなく、故人さまがご生前よりお持ちになっていた痛みや苦しみ、怪我や病気、また現世での悩み、煩悩などを洗い流し、無事に成仏できるよう願う、そういう意味が込められております」

女性が、湯灌の儀の意味を丁寧に説明する。

そして、女性の説明に従い、私たちは母から順番に父の身体に水をかけていった。これも儀式の一環で、「逆さ水」というらしかった。父の身体にはタオルが覆い被されたままで、顔と足先だけが露出していた。女性に手渡されたひしゃくを使って、足元から胸にかけて、順番に水をかけた。

「残りは私どもの手で真心をこめて故人さまを洗い清めさせていただきます。お時間を一時間ほどいただきますので、その間はご家族の皆さまには、別のお部屋でお待ちいただきますよう、よろしくお願い申し上げます」

女性が言った。

こうして湯灌の儀はひとまず終了した。残りは女性たち三人の手によって父の身体を洗い清めてもらえるということだった。私たちは隣の居間に移り、父の身支度が整うまで待つことになった。

＊

それから四十分ほどが過ぎたとき、私は父の様子を見学するために和室の中に入った。

もう十年以上前に『おくりびと』という映画が話題になったことがある。納棺師という職業に焦点を当てた映画で、その優れた作品性から日本アカデミー賞などを取った。

その映画が公開された当時、まだ十代だった頃の私もその映画を観た。話の筋や内容などは今となってはほとんど憶えていないが、その映画のクライマックスで主人公である納棺師の男性が遺体の顔に死化粧を施す。そのシーンがとても印象的だった。儀式のとき、その映画のことを不意に思い出し、父もどんな風にお化粧をしてもらえるのだろう、と内心で楽しみになった。期待と好奇心から、女性たちの仕事を覗いてみる気持になった。

父は髭を剃ってもらうところだった。

どんなに体調が悪いときでも父は髭剃りだけは毎日欠かしたことがなかった。死の前日までも、父は髭を剃っていた。しかし、あらためて父の顔をよく見てみると、薄っすらとした白い髭が父の口のまわりを覆うようにして生えてきていた。死後、一週間の間に生えたようだった。

「死んでからでも、ひげって生えるんですね」

女性に話しかけてみた。

「はい。死後数日経ちますと、お顔から水分が抜けてお痩せになります。その際に、皮膚の下にあったおひげが出てくるので、生えてきているように見える、と言われております」

丁寧に女性が教えてくれた。

父の顔の下半分にシェービング用のクリームが乗せられた。女性が片手で軽く父の頬のあたりを押さえると、もう片方の手に持ったT字のカミソリを父の顔の表面に滑らせていく。慣れた手つきで、まるで理髪店でプロの理容師に髭を剃ってもらっているようだった。よく見ると髪の毛の脂っぽさもなくなっていて洗髪もしてもらったらしい。きれいに髭がなくなった。

「故人さまは生前整髪料などはお使いになっておられましたか?」

女性が私に訊いてきた。

「つけてました。外に出かけるときは必ず髪の毛をセットしてから出かけてました」

「故人さまの髪の毛にお使いしましょうか?」

「お願いできますか?」

「もちろんです」

「あっ、じゃあ、父が普段使っていたやつがあるので、今それを取ってきます」

そう言って、私は早足で洗面室まで行き、鏡台にある父の整髪料を手に取った。その整髪料は、透明な円筒型のプラスチックの容器にはいったギャッツビーのヘアジェルで、長年父が愛用していたものだった。

「これでお願いします」

すぐに和室に戻ると、私は整髪料を女性に手渡した。

「かしこまりました」

女性の手から、父の髪の毛に整髪料がつけられ、頭を撫でつけるようにして、髪の毛が整えられていく。

「いかがでしょうか？」

女性が私に訊ねる。

前髪の分け方が、普段の父の分け方とは全く別だった。

髪型が違うだけでも、顔の印象まで違って見えてきてしまう。

「分け方が、少し違うような気がするんですけど」

そう私が言うと、

「こうでしょうか?」

今度は、女性は父の髪の毛を先の方向とは逆の方向に流した。

「うーん、……」

それでも、私の納得のいく髪型にはならなかった。

「まあ、でも、いいと思います」

とりあえず、私はそう応えた。

「それでは、お顔にお化粧をさせてもらいます」

宣言するように女性が言った。

「よろしくお願いします」

私は居住まいを正し、父の足元の辺りに正座して、その様子を見た。

女性の手によって、見る見るうちに父の顔が別人のように変えられていった。それは私の想像していたものとは全く異なる展開であった。

「ぼくの知っている父の顔じゃないです」

堪らず、私は女性に言った。すでに父の顔はドーランで厚く塗り固められていて、父の顔を特徴づける目尻の笑い皺や口元の皺など、父の顔に刻み込まれた皺という皺が全て塗りつぶされてしまっていた。どう見ても過化粧で、対象を若く見せようとして却って老いの部分が際立ってしまっているような、そんな化粧だった。女性も、マニュアル通りに化粧をしているようにしか見えず、誰の顔にも同じような化粧をしているのだと思った。

「もし生前の故人さまの印象などがございましたら、どうかおっしゃってください」

戸惑ったように、女性が応える。

「わからないですけど、とにかく自分の知っている父の顔じゃないんです。父はもっとやさしい顔をしていました」

そう私が言うと、

「わかりました。ではもう少し故人さまのお口に綿をつめさせていただきます」

そうして、女性が父の口の中に綿を詰め込み、父の頬をふくらませた。更に私の知っている父の顔からは遠ざかってしまった。出来上がったのは完全に別人のような父の顔だった。死化粧によって、父は当り前の死人の顔にされてしまった。

「私の知っている父ではなくなってしまった」

そう思った瞬間、まるで緊張の糸が切れたかのように、私の中の父への拘りが消えた。

「父じゃないです。父じゃなくなってしまいました」

私は女性に向かって独り言のようにそう呟くと、立ち上がり、お礼も言わずにその場から離れた。女性が、一瞬むっとした顔になったのが視界の端に映った。

私はもっと自然な父の顔を見てもらいたかったのだった。父のことをよく知ってくれている人が父の姿を見て、父との過去の交流を思い出し、懐かしんでくれるような、そんな姿にしてもらいたかったのだ。

もし先入観なしにこの死化粧を施された父の姿を見て、はたしていったいどれほどの人がこの人は父だと分かってくれるだろうか。

私は父はまだ「生」の姿を残していると思っていた。今日の通夜や明日の葬式で、来てくれた方々にその「生」の部分を見てもらうのが私の楽しみでもあったのだ。

来場の方に父の姿を見てもらい、

「お父さん、まだ生きているみたいね」

そう言ってもらえることを確信していたのに、それが今回の死化粧でその「生」の部分が全て塗り潰され、完全に父は死人の顔にされてしまった。

これだったら、お化粧などしてもらわない方がよかった。

心の底から私はそう思った。

居間に戻ると、ソファーに座る兄のお嫁さんと目が合った。

「オレのお父さん、全然知らない顔にされちゃったよ」

感想をきかれたわけでもなく、私は独り言のように兄のお嫁さんに言った。

お嫁さんは、言葉の意味を理解しかねるというように私の目を見つめたまま、曖昧に笑った。

それでも私は平気だった

それは小学二年生のときのことだった。

第一学期が始まってから一カ月ほどが経ち、慌ただしい空気からようやく少し落ち着きはじめたころ、教室である事件が起きた。

担任の女性教師の財布がなくなり、ちょっとした騒動になったのである。なぜ教室で財布がなくなっていることに女性教師が気づくことになったのかは記憶があまり定かではない。が、おそらくはカバンか何かを教室に持ってきていて、その中に財布を入れていたのだろう。

休み時間、次の授業の準備のためにカバンの中をさぐっていた女性教師が、不意に悲鳴のような声を上げた。

「わたしの財布がなくなっている」

俄かに事は大事になり、すぐにクラスを挙げての捜索活動が始められた。

財布はその日のうちに見つかった。たしかベランダのプランターの裏か何かから発見されたと記憶している。中身が無事だったかどうかまでは憶えていないが、クラスの誰かが女性教師のカバンの中から財布を盗んで、意図的にベランダに隠したのであろうことだけは明白であった。財布が見つかったからよかったものの、教室の空気が俄かに不穏な空気に包まれたのをよくおぼえている。クラスの数人がその日から泥棒探しのようなことをはじめた。

そんな女性教師の財布盗難騒動が起きてからまだ日も浅いある日の昼休み、私はいつものようにクラスメイト等数人とグラウンドでドッジボールをしていた。

次の授業開始まで残り十分かという頃、同じクラスで同じ登校班だった長野友哉が、明らかに焦っている尋常ではない様子で私のことを呼びに来た。

「おい、○○。やばいよ。大変なことになってるよ」

最初、私はなぜ長野がそんなに焦っているのか理解できなかった。次の授業が始まるまでにはまだ時間にも余裕があったし、大変なことになっている、と言われても全く心当たりがない。

「お前、今日見張りの当番の日だっただろ。それをすっぽかして外でドッジボールをしてるってことで、教室で問題になってるぞ」

長野にそう言われて、はじめて私は自分が見張りの当番だったことを思い出した。

女性教師の財布盗難騒動の一件から、私たちの教室ではクラスのリーダー格であった渡辺未来という少年が中心になり、ある約束事が決められていたのだ。それは、

『昼休みには日直の人間が教室に残り、先生の机を監視すること』

その決まり事を、私は見事に失念してしまっていたのである。

「はやく教室に戻って来いよ」

長野友哉にうながされ、私は急いで教室へと戻った。

教室に戻ると、既にほとんどのクラスメイトが席についていた。長野が私のことを呼びにきたように、きっと他の生徒を使って集合をかけていたのだろう。

教壇の前には渡辺が立っていて、教室に入ってきたばかりの私に訊ねた。

「なあ○○、お前どこに行ってたんだよ」

まるで警察官が犯罪者に対して尋問をするかのような声音であった。

「グラウンドでドッジボールをしてた」

正直にそう私が答えると、

「おい、みんな。○○はグラウンドでドッジボールをしてたんだって」

渡辺は教室中のクラスメイトに向かって呼びかけるように言った。そうして、

「お前、今日、教室に残る当番だったよな？なんでグラウンドでドッジボールをやってんだよ」

このときになって、私はようやくのように自分がとんでもないミスを犯してしまったことに気づきだした。教室中が静まり返っていて、席に座るクラスメイトたち全員が、私と渡辺とのやりとりを固唾を飲んで見守っている。

「……てた」

思ったように声が出せなかった。

「え、なに？きこえねえよ。もっとクラスのみんなにきこえるように大きな声で答えろよ」

それを咎めるように、渡辺が言う。

「忘れてた」

私はできる限りの声を張り上げて、渡辺に向かって答えた。

「おい、みんな。○○は見張りを忘れて、自分だけドッジボールをしてたんだって」

再度、渡辺は教室中のクラスメイトに向かって呼びかけるように言い、

「なあ、○○。お前、クラスのみんなに言わなきゃいけないことがあるよなあ？」

「……」

私が答えられないで黙っていると、

「みんなに対して、見張り番をやぶってしまってごめんなさいって、あやまれよ」

「見張り番をやぶってしまって、ごめんなさい」

私は渡辺の言う通りにクラスメイトに向かって謝罪した。

「声が小せえよ」

渡辺の声が一際大きくなった。

「見張り番をやぶってしまってごめんなさい」

再び、私は自分に出せうる限りの声を振り絞って、叫ぶように言った。耳の中で心臓が今までに感じたことがないほどバクバクと脈を打って、頭の中がぐるぐると回り、どうにかなってしまいそうだった。

「○○がごめんなさいだって。みんな、どうする？」

渡辺が、クラスメイトたちに向かって問いかける。

「○○のこと、許せないって人、手を挙げて」

最初、渡辺の仲間のグループの数人が大きく手を挙げた。すると、それに促されるように段々と挙手をする手が増えていく……。

やがて、クラスメイトの全員が手を挙げることになった。その中には私のことを呼びに来た長野友哉や、ついさっきまでいっしょにグラウンドで私とドッジボールをしていた仲間たちの姿もあった。何よりもつらかったのは、私が入学以来密かに恋心を寄せていた松山久美子さんも手を挙げていたことで、私は手を挙げる松山さんの姿を見て、完全に心が破れてしまった。

「じゃあ、〇〇のことを嫌いな人、手を挙げて」

渡辺が、クラスの皆に向かって、再度問いかける。

今度はクラスの全員が一斉に手を挙げた。

＊

その後のことは、あまり、というか全く記憶には残っていない。女性教師が教室に来て騒動は一段落したのか、そもそも女性教師は最初から教室の中にいて私たちのやりとりを黙って見ていたような気もする。私は、皆の前でひざまずき泣き崩れていたことだけはぼんやりと記憶しているが、その後はどうやって残りの時間を過ごしたのだろう。

一日にして、私はクラスで一番の嫌われ者になってしまった。

次の日から、私は不登校になった。

＊

はじめての不登校は約三週間続いた。

最初、病気でも何でもないのに突然私が学校に行きたくないと言い出したから、家族はずいぶんと困惑したようだった。学校で何があったかも言わなかったから（というよりも、言えなかった）、毎朝、母との間で一悶着あったが、とにかく私は登校を拒否し続けた。

不登校になってから二週間目か三週間目かのある日の夕方、突然長野友哉が家に訪ねてきた。長野は、先生から荷物を届けるよう頼まれた、と言い大型の封筒を私に手渡した。

封筒の中にはクラスメイト等一人一人からの手紙が入っていた。おそらくはクラスの中で私の不登校が問題になり「みんなで○○君に手紙を書こう」とでもいうような流れにでもなったのだろう。私は届けられた多数の手紙の中から松山さんの手紙だけを見た。

松山さんの手紙は、極当たり前の、体裁だけは私のことを心配する内容だった。それでも私にとっては充分だった。

再び、私は学校に行くようになった。

＊

学校に戻ってみると、クラスの中で私と口をきいてくれるクラスメイトは一人もいなくなっていた。

あるとき、クラスの中で発表会のようなものをすることになった。

それは、自分たちですることを自由に決め、それをクラスの中で発表する、というものだった。特に決められたルールもなく、誰と組んでもいいし、何人でやってもいい。今振り返ってみれば、当時の私にとってはずいぶんと残酷なイベントであった。

女性教師の号令を合図に、仲良しの子たちから次々とグループを組んでいった。当然、私を誘ってくれるような子は一人も現れず、私とある一人の少年だけが、誰ともグループを組めないまま最後まで残った。その少年はアオヤギ君という名前の子だった。

私がクラスで一番の嫌われ者であるとするならば、アオヤギ君はクラスで二番目の嫌われ者だった。自然、私はアオヤギ君とペアを組むことになった。

それまで、私はアオヤギ君と話をしたことはなかった。アオヤギ君は色が白く、ひょろりとしていて、ナヨナヨとしたイメージで、外で遊ぶのが好きだった私とは真逆のような少年だった。

そのくせ、アオヤギ君はなぜかケンカっ早いところがあり、時折クラスの誰かと衝突を起こしては、周りを巻き込んでいざこざを起こす、というトラブルメーカーのような一面もあった。何か接触すると面倒くさいことになりそうな厄介な子、というイメージもあって、それまでの私は可能な限りアオヤギ君との接触を避けていた。

私が渡辺未来にクラスメイトの前で断罪される前までは、おそらくはアオヤギ君がクラスで一番の嫌われ者であった。そうして、私が重罪人になり、クラスで一番の嫌われ者になった後も、私はクラスの誰からも無視される存在になっていたから当然アオヤギ君との接点もなかった。

しかし、発表会でペアになった以上は、どういうことをするか決めなければならない。これをきっかけにして、私はアオヤギ君と少しだけ交友関係ができた。

給食後の昼休みにお互いの共通の趣味について話をしたり、休みの日にアオヤギ君のお家に遊びに行ったこともある。

アオヤギ君の住むお家は、山の手の私たちの小学校の学区の中では最も高級な住宅地の中にあった。当然家も立派だった。

広くてゴミ一つ落ちていない明るいアオヤギ君のお部屋で、発表会で披露することの打ち合わせのようなことをしたのを、今でも朧げながらに記憶している。

そして発表会当日、私はアオヤギ君といっしょにウルトラマンの寸劇をやった。

アオヤギ君がウルトラマンになり、私はバルタン星人になって二人で闘う、というものだった。

それは寸劇と呼ぶにはあまりに幼稚で、きわめて稚拙なものだったが、小さい頃からバルタン星人のモノマネが得意だった私の発案であった。いわば、保育園児や幼稚園児のやるウルトラマンごっこの延長のようなものである（というよりも、それそのものか）。

それでも、発表をするにあたって、私は積極的に殺陣のようなものを考え、アオヤギ君を相手に数日前から演技をつけたりもした。私は二人だけのウルトラマン劇を成功させるため、けっこう楽しんで一所懸命に取り組んでいたのである。

「フォッ、フォッ、フォッ、フォッ、フォッ、フォッ」

クラスのみんなが輪になって取り囲む中、私は両手にピースサインをつくり、得意なバルタン星人を全力で演じた。

「ジュワ」

一方のアオヤギ君も、私が演技をつけた通りに恥ずかしがらずにウルトラマンを演じてくれた。

「フォッ、フォッ、フォッ、フォッ、フォッ、フォッ」

「ジュワ」

「フォッ、フォッ、フォッ、フォッ、フォッ、フォッ」

「ジュワ」

クラスメイトが取り囲む輪の中を、アオヤギ君扮する正義のヒーローウルトラマンと、私の演じる悪の宇宙怪人バルタン星人とが、所狭しと大立ち回りを演じた。

受けたかどうかは記憶にない。おそらくはどっちらけだっただろうと思う。なにせ、クラスで一番の嫌われ者と、クラスで二番目の嫌われ者との悪夢の共演だったから、普通に考えれば受けるわけがないのである。

それでも私は平気だった。

なぜなら、私は自分のバルタン星人に自信を持っていたからである。小さいときからウルトラマンごっこでならしていた私は、自分のバルタン星人に絶対の自信を持っていた。

「フォッ、フォッ、フォッ、フォッ、フォッ、フォッ」

ピースサインの形にした両手の指を閉じたり開いたりしながら、無我夢中で私はバルタン星人を演じた。

何か煌めくような充実した時間が流れていた。アオヤギ君も私も、数日前から練習していた通りの動きができた。

「ピコン、ピコン、ピコン」

ウルトラマンの活動時間の限界を知らせるカラータイマーの音を私は口で鳴らした。その音を合図にして、アオヤギ君が私に必殺技を放つ段取りになっていた。二人だけのウルトラマン劇もいよいよクライマックスを迎えようとしていた。

「デュワ」

アオヤギ君が左右の腕を胸の前で十字の形にクロスさせ、ウルトラマンの必殺技であるスペシウム光線を撃った。

「フォッ、フォッ、フォッ、フォッ、フォッ、フォ………」

スペシウム光線を全身に受けた私は、身を悶えるようにして片膝をつき、最後はクラスメイトの輪の中心で力尽きた。

「シュワッチ」

アオヤギ君が両手を高らかに上げ、跳び上がるようにして垂直にジャンプする。

こうして、私とアオヤギ君、二人だけのウルトラマン劇は幕を閉じた。

＊

発表会を境に、私はアオヤギ君とは再び疎遠になった。私は元の通りの独りぼっちになり、クラスで一番の嫌われ者はその後も続いた。

しかし、そんなクラスで一番の嫌われ者も、嫌われ者で居続けたのは二年生までで、三年生になり、クラス替えが行われると、人間関係もリセットされ、私は新しい友人関係を手に入れることができた。

そして五年生になり、再びアオヤギ君と同じクラスになった。アオヤギ君は相変らずのトラブルメーカーのままで、クラスの中では浮いた存在だった。

五、六年生の二年間でも、私はアオヤギ君と話をすることはなく、接触もしなかった。私には友だちがいたし、わざわざアオヤギ君に近づく理由もなかった。

小学校を卒業すると、私は地元の公立中学に進学し、アオヤギ君は私立の中学に進学した。

以来、アオヤギ君とは一度も会っていない。

運動会

子どもの頃は足が速かった。小学生の頃までは同い年の子たちとかけっこをしてもまず負けることはなかった。ドロケイが好きで、ケイサツになればたくさんドロボウを捕まえたし、ドロボウになれば逃げるのが得意だった。躯が小さくてすばしっこかったから、一度ドロボウになるとまず捕まるということがない。どんなに走っても疲れというものを知らなかった。だから、小学校の運動会は力の見せ所で、徒競走ではいつも一番でゴールテープを駆け抜けた。

ゴールした後、係りの誘導員に一等賞のレーンまで案内される間、私はいつも辺りを見回して観覧席にいる父兄の集団の中から両親の姿を探した。

そうして、大勢の人の中から私に向かってうれしそうに手を振る父と母の姿を見つけると、私も二人に向かって大きく手を振り返した。父や母の笑顔を見ると、喜びが胸いっぱいに広がって、誇らしい気持になった。自分が一番になったことはもちろんうれしかったが、それ以上に自分が一番になったことで二人が喜んでくれるということの方が私にはうれしかった。

＊

私は共働きの両親の下で育った。

父は早くから単身赴任をしていて、私の物心のつく頃には既に家にはいなかった。父が単身赴任先から帰ってくるのは多いときでも月に数回で、父親が家にいない環境というのが私にとっては日常だった。

父は家に帰ってくるときには必ず土曜日の明け方に帰ってきた。金曜日の夜、仕事を終わらせてからそのまま車で夜通し運転してくるので、帰ってきても寝床に直行だった。一度寝床へ入ると昼過ぎまでまず起きてくることはなく、私は毎週土、日と少年野球に通っていたから、父と顔を合わせるのは夕飯の時間くらいであった。

そんな父は、家に帰ってきてもどこかに出かけるということもなかった。日曜日などは一日中居間にいて、朝からずっとテレビを見ていた。そうして、夜になると家族で夕飯を食べ、それから再び単身赴任先へと帰っていった。

母はというと、母は小学校の教師をしていて、毎日忙しかった。学校の行事など当然見に来てはくれなかった。だから、授業参観などは私にとってはただの授業でしかなかった。

私ははじめから諦めていた。両親が来ないことはわかっていたから期待もしなかった。ただ、一つ嫌だったのは、授業参観の日になると教室の雰囲気がいつもと変ることとで、朝からクラスメイトの様子がそわそわとして、教室中がふわふわとした空気に包まれていて、それがとにかく鬱陶しかった。

だから、運動会だけは楽しかった。運動会だけは父か母のどちらかは観に来てくれた。運動会だけが私の晴れ舞台だった。運動会だけが私のがんばっている姿を見てもらうことのできる唯一の機会だった。

母は運動会の日になると必ず真っ赤な靴下を私に履かせた。私は同級生たちの中でも特別発育が遅く、身長も低かった。背の順はいつも前から一番目か二番目で、だから、真っ赤な靴下はそんな私を遠くからでもすぐ見つけられるようにと目印がわりに母が私に用意した物であった。

父は私が徒競走で一番になると特別よろこんでくれた。小学三年生のときなどは余程うれしかったのかご褒美にガンダムのプラモデルを買ってくれた。味をしめた私は、翌年から父とある約束をするようになった。

「徒競走で一番になったらオモチャを買って」

＊

小学六年生のとき、父も母も運動会を観に来られないことがわかった。二人ともスケジュールの都合がどうしてもつかなかったのである。

忙しい両親のことを考えれば、むしろそれまでよく毎年のように観に来てくれていたのだった。それは幼い私にもよくわかっていて、だから、父も母も来られないと聞かされたとき、私は子ども心にも仕方がないと思った。両親が忙しいことはわかっていたし、私は物分かりのいい子どもだったから、不満も言わなかった。

このときの運動会ほど、つまらないと感じた運動会はなかった。

私は朝からずっとさみしかった。自分のことを観に来てくれる人がいないと思うだけでこんなにも心がさみしくなるものだとは思わなかった。

運動会の始まる直前、グラウンドの横で同級生たちと二列縦隊に並んで入場を控えていた私は、列の先頭から何気なく辺りを見回してみた。

すると、周りの同級生たちは皆ニコニコとして興奮した様子で隣の子や後ろの子たちとおしゃべりをしており、私は自分と同級生たちとの間にある運動会に対する気持の温度差を強く感じた。

毎年履いていた真っ赤な靴下も、初めて履かなかった。目立つ必要がなくなったからか、朝用意もされていなかった。

徒競走では一番になっても喜びはなかった。それでも、先頭でゴールテープを駆け抜けた直後は、いないとはわかっていても私は観衆の中から両親の姿を探した。

しかし、来ていないのだから、見つかるわけはなかった。

いないとわかってはいても、さみしくなった。

観覧のスペースには大勢の父兄の人たちがいた。

どの顔を見ても皆笑顔だった。

あんなにもたくさんの人たちがいるのに、誰一人として自分のことを見てくれている人はいない。もしこの場から自分がいなくなってしまっても、誰も困らないし誰も気づいてはくれないだろう。そう思った。

周りを見てみると自分以外の子たちが皆楽しそうに見えた。走り終えて次の競技まで待っている間も、観覧席に向かって手を振り、誰かにアピールをしている。その姿が、去年までの自分と重なって見えた。

私は一番になることがうれしいのだと思っていた。

しかし、それは違うのだと気づいた。

よろこんでくれる人がいるから、私もうれしいのだった。

よろこんでくれる人がいたから、私もうれしくなるのだと知った。

自分のしたことでよろこんでくれる人がいる。それこそが、私にとってのよろこびなのであった。

自分のことを観に来てくれる人がいたから、私にとっては運動会が特別な思い出となったのであった。

そのことに、大人になった私はようやく気づいた。

あの頃、小学六年生の私は、ただざみしかった。

そして、周りにいる子たちがうらやましくてしょうがなかった。

あのときのさみしさと、今の私のさみしさとは、形こそは違うが何だか似ているような気がする。

山鳩

よくＹｏｕｔｕｂｅを見る。

私の家のテレビはＹｏｕｔｕｂｅを見ることができるので、朝起きたらまずはテレビを点け、Ｙｏｕｔｕｂｅを起動する。そして、その日の朝の忙しさに合わせて二分から十分程度の動画を選び、とりあえず再生する。実際に動画を見るわけではなくても音だけは流しておきたくて、動画を聞きながら朝の準備を進める。

他にも、食事のときにご飯を食べながら見たり、風呂上がりにタオルで髪の毛を乾かしながら見たりと、私の場合何かと何かをしながら見ていることがほとんどだ。

基本的には野球や音楽、バラエティ番組の動画をつけていることが多いのだが、たまに色気のある動画を見ることもある。

この間喫茶店でコーヒーを飲んでいたら、近くの席に大学生らしい男女のカップルが座わり、その会話がきこえてきた。

二人はまだお互いのこともよく知らないようで、その会話の内容も初々しかった。まるでお見合いのようにお互いの趣味や家族構成、大学でのことなどを話していたのだが、不意に女の子が男の子に、

「○○君はＹｏｕｔｕｂｅは何を見ているの？」

ときいた。

「うーん、△△かなあ」

と男の子が答える。

「えー、○○君△△とか見るんだー。意外」

女の子が驚いたように言った。△△とは今流行りのＹｏｕｔｕｂｅｒで、女性三人組のグループである。

△△は流行に疎い私でも知っているくらいで、イメージ的には下ネタの

多い少し下品なグループ、というイメージであった。男の子がそれまで話していたさわやかで誠実そうな印象とは△△はかなり乖離があり、私も男の子の答えには女の子と同じ感想を持った。しかし、男の子の「よく見るＹｏｕｔｕｂｅｒは」の答えは、先まで交わされていたどの質問の答えよりも男の子の本質に触れたような気がした。

かくいう私も、もし自分のＹｏｕｔｕｂｅの再生履歴や検索履歴を見られてしまったら、私という人間の内的趣好を立ちどころに知られてしまいそうで、これにはかなり抵抗感がある。それくらい、Ｙｏｕｔｕｂｅというのは個人の趣味や趣向がある意味で露骨に表れるものなのだろう。

検索・再生履歴といえば、Ｙｏｕｔｕｂｅのホーム画面の中に「あなたへのおすすめの動画」という項目がある。これは普段私が見ている動画の検索履歴や再生履歴からＡＩが判断して幾つかの動画をピックアップしてくれる機能で、わざわざ検索をしなくてもお気に入りに登録しているＹｏ uｔｕｂｅｒの最新の動画や私の好みに合う動画が表示されるので非常に便利である。

そのおすすめの項目に時々何故おすすめされたのかわからない動画が表示されることがあって、そのタイトルやサムネイルに引かれて見てみることがある。大抵は自分の趣味には合わない動画で、見始めて数十秒もしない間に興味を失い、元のページに戻ることになるのだが、偶におもしろい動画もあって、その動画をきっかけにして新たなジャンルに対する興味や知識が開拓されることもある。Ｙｏｕｔｕｂｅを見ていると、本当にこの世界には様々な世界が広がっていることに驚かされる。

この間テレビでＹｏｕｔｕｂｅを見ていたら、先のおすすめの項目に「山鳩おいしいよ」という動画が出てきて、なぜか再生してしまった。

動画自体は特筆するほどの内容ではなかったのだが、その中で鳩の鳴き声を「デーデー、ポッポー」と紹介していて違和感を覚えた。その鳴き声は私の感覚とはどう考えても違っていたのでコメント欄を見てみると、五百件以上寄せられているコメントの内、鳴き声に対するコメントも少なからずあった。私と同様に鳩の鳴き声に対して違和感を抱いた視聴者も一定数居たようだ。

そこでは、自分にはこう聴こえる、という様々な鳴き声のオノマトペが書かれていて、「デーデー、ポポー」「グーグー、ポーポー」「ポーポー、ポッポー」等、たかが鳩の鳴き声一つでも、人によってこんなにも聴こえ方が違うのかと、動画よりもそのことの方がおもしろかった。因みに私には鳩の鳴き声は「ホーホー、ホッホー」と聴こえていて、コメントを見ていると私と似たような鳴き声を書いている人もいて少し安心した。

「ホーホー、ホッホー。ホーホー、ホッホー」

子どもの頃はあの鳴き声が鳩の鳴き声だとは知らなかった。

日常生活の中でも鳩を目にする機会は度々あったが、実際に鳩が鳴く姿というのは不思議と見たことがなかった。

鳩とは童謡のように「ポッ、ポッ、ポ」と鳴くものだと本気で思っていた。

子どもの頃、夏休みのイベントの一つに母の田舎への帰省、というのがあって、毎年お盆の時期になると母の田舎に帰るのが我が家の恒例行事になっていた。

私の家は横浜市内にあり、母の田舎は四国の愛媛県にあった。移動には飛行機や新幹線は使わず、父の運転する車での帰省になるので、長時間のドライブになる。その車中では父の趣味の音楽がカーステレオから流され、サザンオールスターズやグループサウンズ、シャネルズ、昭和や平成のベストヒット曲集など、その音楽を聴いているだけでも全く飽きなかった。

また、その道中では、浜名湖のサービスエリアで食べる鰻のひつまぶしや、神戸のサービスエリアで食べたソフトクリーム、愛媛の石鎚山で食べる肉うどん等、給油や休憩のために立ち寄るサービスエリアも楽しみの一つであった。

名古屋、大阪、岡山、四国と日本の主要都市を一度に横断していく様は、まるでロールプレイングゲームの主人公になって日本中を冒険しているかのようで、子どもも心にもとてもワクワクする旅であった。

約十四時間の旅を終え、父の運転する車が母の実家に到着すると、まず独特な匂いが鼻を突いた。

乳牛の飼料の匂いである。

母の実家は代々稲作や酪農を営んでいる農家で、家業は長男である母の弟が引き継いでいた。その匂いは横浜では決して嗅ぐことのない匂いで、トウモロコシや大麦が発酵している匂いなのだが、はっきりと私には苦手な匂いであった。鼻が慣れて匂いが気にならなくなるまでは、いつも二日から三日時間が掛かった。

母の実家は山深い、四方を山に囲まれた集落の中にあった。

外灯もなく、したがって夜は真っ暗である。一度外へ出ると、誇張ではなく一足先さえ見えない真暗闇で、手元に灯りがなくては恐くてとても外を歩けなかった。子どもにとってはただでさえ怖い夜の世界が、母の田舎へ帰ると更に恐怖感を増した。

ある年の明け方、どこからか聞こえてくる不思議な鳴き声に私は目を覚ました。

「ホーホー、ホッホー。ホーホー、ホッホー」

それが私が人生で初めて耳にした山鳩の鳴き声であった。

まだ幼かった私は（小学一年生かそれより前くらいか）、その鳴き声が普段自分が当り前のように目にしていた鳩の鳴き声だとは思わなかった。その今までに聞いたことのない初めて耳にする独特な響きに、幼い私は不気味なものを感じ、恐怖に近い感情を抱いた。

親と同じ寝室で、布団を川の字の形に敷いて両親の間で眠っていた私は、目を開き、左右の両親を見た。

当然、両親は眠ったままである。

しかしそのことが一層私を不安にさせた。あの何処からか聞こえてくる「ホーホー、ホッホー」という鳴き声が、私は自分にしか聞こえない冥界からの誘いの声のように思えてきた。このまま段々とこの声が近づいてきて、やがては私を死の世界へと連れて行ってしまうのではないか。あまりの恐ろしさに、私は布団の中に潜り込み、両手で両耳を塞ぎ固く目をつぶった。そうして、体を深く丸めるようにして身を守り、その得体の知れない鳴き声が聞こえなくなるのを何とかやり過ごそうとした。本当に泣きたいような気持だった。

それからどれぐらいの時間が流れただろうか。やがて空が明るみ始め、離れにある鶏小屋から一羽の鶏が朝を告げる鳴き声を上げた。

すると、不思議と不気味な鳴き声は聞こえなくなり、安心した私はようやく二度目の睡眠に入ることができた。

さすがに鳴き声に対して恐怖を覚えたのはこの年だけであった。しかし、毎年母の田舎へ帰省する度にどこからかこの不気味な鳴き声は聞こえてきて、その度に、「この鳴き声は何なのだろう」と私は疑問に思い続けていた。

そしてまたある年の早朝、私はついに隣の布団で眠っている母に、

「この音はなに？」

と思い切って訊ねてみた。

「音ってなに？」

最初、母は私の言う音のことが何を示して言っている音のことなのか解らなかった。

「このホーホー、ホッホーって鳴いているやつだよ」

と私が言うと、

「ハトだよ」

目を閉じたまま母は言った。なんだそんなことか、とでもいうような呆れた調子であった。

「うそでしょ?」

すぐに私は母に問い返した。あの山奥から聞こえてくる不気味な響きが、普段自分が公園や道端などで目にしている鳩の鳴き声だとは俄かに信じられるわけがなかった。私の頭の中ではあの鳴き声は妖怪や幽霊のような異界の恐ろしい存在のイメージで出来上がってしまっていて、そのことを母に訊くことにさえ勇気を振り絞って訊いたくらいであった。まさかそれが、あの近づくとすぐに逃げる小さな弱々しい存在の鳴き声だと言われても、そんなことすぐに信じられるわけがない。

そのときの私は、母が私に嘘をついているのだと思った。

「ねえ、うそでしょ?」

私は重ねて母に訊いた。

「うそじゃないよ」

私の必死さとは裏腹に、母は至極あっさりと言うと、すぐに寝息が深い呼吸に変った。

「うーん」

私は大きく唸った。母が嘘を言っているのだと思ってはいても、心のどこかでは私も納得するというか腑に落ちてしまうところもあって、すっかり心が拍子抜けしてしまった。以来、私の鳴き声に対する関心は急速に萎んでしまい、その年を境にして、山鳩の鳴き声で目を覚ますということは一度もなくなった。

＊

「ホーホー、ホッホー。ホーホー、ホッホー」

あの鳩の鳴き声とは思えないある種の独特な響き。

大人になった今では、この響きを耳にしても、「ああ、山鳩が鳴いている」

と当り前のように思うだけだが、考えてみると私は、未だに実際に山鳩が「ホーホー」と鳴いている姿を見たわけではない。

あのとき母が私に「ハトだよ」と言ったから、私もその鳴き声を鳩の鳴き声だと認識したわけで、もしあのとき母がおもしろがって、

「あれはね、愛媛の山に棲む神様の唄う声だよ」

とか、

「シッ、静かにしなさい。あれは山鳥様といって、小さな子どもを山に連れて行ってしまうとても恐ろしい存在だから、あの鳴き声が聞こえている間は静かに布団の中でじっとしていなさい」

などと言っていたら、はたしてどうなっていただろう。まず間違いなく私はそれを素直に信じただろう。

そう思うと、残念というか何だか勿体なく思う気持も少しある。民間に伝わる妖怪の伝承や伝説の類の中には、案外子どもの恐怖心を元にした空

想や妄想に、大人の遊び心やいたずら心が加わった結果生まれたものも少しくらいはあるのかもしれない。

もしあのとき母が私の質問に対して冗談で返していたら、その後私の中でどんな恐怖が育っただろう。

萬福のマーボーメン

電車が最寄りの駅に着くと、電車から降りて改札口を抜けた。午前中に用事は済ましてしまったので、後は家に帰るだけである。いつもは真っ直ぐ家に帰るところだが、不意に気が変り、寄り道をして帰る気持になった。自宅のある道とは反対の方向に向かって歩き始め、駅前の商店街の中に入ってゆく。時刻は正午過ぎで、ちょうど昼飯時である。

左右に建ち並ぶ飲食店を横目に流し見ながら、ゆっくりと気ままに歩いた。各店の入口には大型の宣伝ポスターが飾られていて、その店の新商品や看板商品をアピールしている。その宣伝ポスター一面に大写しになった様々な食べ物が、鉄板の上で焼かれたステーキや、トマトのソースをふんだんに含んだパスタや、ホイップクリームや色とりどりの果物が載せられたパンケーキ等が、視覚から空腹を刺激してくる。

街角の中華料理店の前を通り過ぎようとしたときだった。店の入口のガラスウインドウに飾られている食品サンプルがふと目に映り、私は足を止めた。その場で何気なく中を眺めていると、不意にある料理が目にとまった。

「懐かしいなあ」

思わず私は声に出していた。

マーボーメンがあったのである。

子どもの頃から家族でよく通っていた店がある。『萬福』という名前の中華料理屋で、家から徒歩五分ほどの所にあった。日本人の夫婦二人だけでやっているお店で、四人掛けのテーブル席が四つしかない小さな店だったが、そこのニラレバ炒めは絶品だった。

よく食べに行っていた頃で月に数回は行っていたと思う。土曜日か日曜日の夕方頃になると突然父が思いついたように、「今日の夕飯は萬福にしようか」と言い出して、それで食べに行くことになる。……もう二十年以上も昔の話である。

目をつぶれば今でもあの頃の情景が心に浮かび上がり、店の内装やテーブルの質感、イスやソファーの座り心地までもがはっきりと心によみがえってくる。

店に入ると、頼むものは大体皆決まっていて、私は天津丼かチャーハン、母は萬福メン（店の名前を冠したラーメンで、タンメンと五目ソバの合いの子のようなもの）、父はA定食かB定食から内容を見て決めていたのだが、時々違うものを頼むときがあった。それがマーボーメンだったのである。

席に着き、料理の写真がのったメニューを眺めながら、「今日は何を食べようかなー」と言う父。その顔はニコニコとしていかにも楽しそうで、そんなときは大体、「今日は辛いのにしようかなあ」と言ってマーボーメンを頼んだものだった。

「辛いよ」

「辛いかなあ」

「辛すぎて食べられないかもよ」

母や私とそのような言葉を交わしながら、

「よし、お父さんはマーボーメンにしよう」

と覚悟を決めたように言っては、父はマーボーメンを注文するのだった。

そして、テーブルにマーボーメンが運ばれてくると、その丼を満たす麻婆豆腐の真っ赤な色に、

「おおー、辛そうだ」

と歓喜の声を上げながら父は目を輝かせて、レンゲでスープをすくうと、一口すすって、「おー、辛い」と言っていかにも辛そうな表情を作った。

「ほらー、やっぱり辛いでしょー」

と言う母に、

「辛いけど、うまみがあっておいしいぞ」

と父は返し、

「ユウスケ、お前も一口食べてみるか？」

と私にすすめてくれる。（母は辛いものが苦手で父からの一口どうだをいつも断っていた）

「うん」

と言って、私はいつも二口分くらいのおすそ分けを父からもらった。

萬福のマーボーメンは、中華風のラーメンをベースにしたものに麻婆豆腐をかけたもので、麻婆豆腐の旨味とラーメンの塩味がバランスよく混じり合って、辛さはあったがおいしかった。私は内心ではいつもこの父からのおすそ分けを楽しみにしていた。

「どうだ、辛いだろう？」

と期待を込めた眼なざしで私のことを見つめてくる父に、
「うん、辛い。でもおいしいね」
と私が応えると、
「そうだろう。辛いけど、うまいんだ」
そう言ってうれしそうに父は微笑むのだった。
あれで、けっこうかわいいところのある人だったなあ。
マーボーメンを「ヒーヒー」言いながら食べる父の姿を思い出しながら、
私はふと思った。そして、そう思ってから、父のことをそんな風に思った
自分を私は少し意外に思った。父のことを思い出すことはこれまでも度々
あったが、父のことを「かわいい」などと思ったことは今まで一度として
なかったのである。父が死んでから、既に六年もの時が経過していた。
懐かしいなあ。
私は心の中で独り言ちた。

振り返ってみると、私にとってマーボーメンは大人の味であった。

あるとき、私も父の真似をしてマーボーメンを頼んだことがあった。

「辛いかなあ」

「辛いわよ。やめときなさい」

と言う母に、

「辛いけどうまみがあっておいしいぞ」

と私にすすめてくれた父。

「よし、ぼくはマーボーメンにする」

それで私は意を決したように宣言し、店員のお姉さんが注文を取りに来ると、

「ぼくはマーボーメンで」

と自らの口で料理の名前を読み上げた。

テーブルに料理が運ばれてきて、私の前にもマーボーメンの丼が置かれ

る。できたてのマーボーメンからはもくもくと白い湯気が立ち上ぼり、スープの表面で麻婆豆腐のラー油がギラギラと赤く光っていた。それがいかにも辛そうだった。

「うわぁー、おいしそう」

と私がよろこびの声を上げると、

「辛いぞー」

と何故だか父までもがうれしそうだった。

レンゲを手に取り、スープの表面に浮かんだ麻婆豆腐をスープといっしょにすくいとると、ふーふーと息を吹きかけてから吸い込むようにして口の中に流し入れる。熱々のとろみがかった液体が舌の上に流れ込んできて、旨味と辛みの絶妙に混じり合った味が口の中いっぱいに広がる。

私は辛みに耐性があるらしく、父が「ヒーヒー」言いながら食べるほどには辛さは感じなかった。それでも、

「どうだ、辛いだろう?」

と父に期待を込めた眼なざしできかれると、

「うん、辛いね」

と私は答えた。そして、

「でも、うまみがあっておいしいよ」

私の中では、萬福のマーボーメンを一人で食べきることが、大人になるための(あるいは大人に近づくための)ある種の儀式のような意味を持っていた。だから、はじめて自分からマーボーメンを注文し、一人で食べきったときは、一つ大人になったような達成感があった。そして、一度マーボーメンの味を覚えると、私はすっかりマーボーメンの味に夢中になり、それからは進んでマーボーメンを頼むようになった。

私がマーボーメン、父は別の料理を頼んだときなどは、

「お父さんも一口食べる?」

「いいのか？」

「いいよ」

「じゃあ、お父さんの○○（その日父が頼んだ料理）と交換しようか」

そうしてお皿ごと料理を取り替えて、お互いの料理を食べ合ったりしたのを懐かしく思い出す。萬福の料理はどれを食べてもおいしかった。

あの頃の父の幸せそうな顔を思い浮かべると懐かしさと同時に愛おしさのようなものまで込み上げてきて、ぽっと胸があたたかくなる。たまに行く家族での萬福は私の思い出の中でも特に印象の深い大切な場所の一つだ。残念ながら今では父も萬福もなくなってしまったが、あの家族で過ごした萬福での団欒のひと時を思い浮かべると、今でも心に幸せな気持が溢れてくる。

花火

二階のベランダから花火を眺めていた。

遠く横浜の港から打ち上がる大型の花火だ。

毎年六月に行われる市の開港記念行事の花火である。

私の住んでいる家は民家の密接した住宅地の中にあった。そして、二階のベランダから見える景色の大半は、近隣に建つ家々の外壁や屋根で塞がってしまっている。

しかし、それでも空だけは広がっていて、遠く南の方角の空を見つめていれば、家々の屋根と屋根との斜面が重なり合った間から打ち上がる花火がかろうじて見えた。

私の住んでいる所から見える花火は手の平ほどの大きさだ。そうして、夜空に光の輪が広がると、一拍遅れて空に雷鳴のような爆音が轟く。

実に短い間隔で様々な種類の花火が打ち上がった。ドン、ドン、ドン、とまるで太鼓を叩いているような轟音が夜空にこだまする。一輪だけの大型の花火もあれば、小型の花火が連続して何発も打ち上がり、それが全体として一つの花火を形成しているものもあった。赤、青、黄、緑、といったカラフルな色の混じった花火。中心部から放射線状に広がってゆき、菊花の形に咲く花火。光の点が夜空にぱっと広がって、傘の形に浮かび上がったり、笑顔の形（ニコニコマーク）に浮かび上がるようなものもあった。また、打ち上がった後も空の上に長い間滞留し、星が瞬くようにキラキラと輝いて見えるようなものもあった。

この花火をもっと近くで、それも見上げるくらい近い場所で見ることができたら。

ふと思った。

もしこの花火をSさんといっしょに見ることができたら、今のこの時間はどれだけ幸せな時間になることだろう。

不意にSさんのことが無性に恋しくなった。

Sさんは今何をしているのだろう。

バイトだろうか？お休みだろうか？

お休みだとしたら、Sさんもこの花火をどこかで見ていたりするのだろうか。

もし見ているとしたら、どこで見ているのだろう。誰と、見ているのだろう。

家族だろうか？友だちだろうか？それとも……

ここまで考えて、私の頭にSさんの隣に立つ見知らぬ青年のイメージが浮かびかけ、私はあわてて思考を中断した。

恋しさが空しさに変った。

なんてさみしい人生なんだろう。

夜空に打ち上がる色とりどりの花火を見つめながら、私はそう思った。

私の隣には誰もいない。

私には同じ時間を共に過ごす人がいない。

私には同じ感情を共有する人がいない。

きれいなものや美しいものを見たとき、その感動を伝えられる人が私にはいない。

夜空に打ち上がる花火を見ていても、驚きや喜びを分かち合う人が私にはいない。

一人で眺めている花火ほど、心に空虚に映るものはなかった。

たとえば一際大きな花火が打ち上がったとき、恋人同士であれば、その花火の見事さ美しさに驚きの声を上げ、お互いに顔を見合わせたりなどするだろう。それは、その花火を見たときに感じた驚きや感動を相手にも伝えたいと（あるいは、相手の心の中にも確かめたいと）思うからだ。

顔を横に向け、隣にいる恋人に視線を向けたとき、その恋人も同じタイミングでこちらを向いていて、お互いの視線が重なる。

「きれいだね」

「きれいだね」

あるいは、

「すごいね」

「すごいね」

そのとき、必ずしも多くの言葉は必要ではなく、ただ一言お互いに言葉を交わすだけでも、相手の気持や相手の感情がダイレクトに伝わってきて、より花火に対する感動が大きくなる。それは、見つめ合い言葉を交わすことでお互いの心が共振しよろこびや愛しさの感情が増幅されるからである。そして、そういうときの時間というのは、たとえ花火が上がってい る間のわずかな時間であったとしても、二人の間に流れている時間というのは現実に流れている時間以上に濃密で、凝縮されていて、その一瞬間がきっと二人の目に映るもの全てを煌めかせ、心をときめかせるのだ。

人は自分の心に感じたよろこびを相手の心の中にも確認したとき、幸福感をおぼえる。生きていることのよろこびを感じる。たとえそれが遠く離れた場所から見る手の平ほどの大きさの花火であったとしても、心が通じる者同士で見る花火であったのなら、二人の間に流れる時間はきっと特別なものになるだろう。

いっしょになって泣いたり笑ったりする相手のいない人生ほど心に味気のないものはなかった。

私は最後まで花火を見届けることなく部屋に戻った。

窓の外で、花火により空が明滅するのが視界に入るのが嫌で、カーテンも閉じてしまった。

花火など、うるさいだけで迷惑なだけだ。こんなもの早く終ってしまえばいいのに。

心からそう思った。

しかし、部屋に戻った後も、花火の音はしばらくの間空から鳴り続けた。そうして、その音が聞こえてくる度、私の心は無性に苛立ち、ささくれ立った。

この花火は一体いつまで続くのだろう。

太鼓を叩いているようだと思っていた花火の音が、次第に銃声のようにも聞こえてきた。

「うるさい」

空に向かって怒鳴りつけたくなるような衝動を押し殺し、私はただ空が静かになるのを待った。

加藤さんのこと

私が初めて加藤さんと出会ったのは、隣町の駅前にある喫茶店の中である。私には毎朝その喫茶店に通う習慣があり、加藤さんも私と同様にその喫茶店の常連であった。

あれは一体いつの頃のことだっただろうか。たしかコロナ禍の真っ只中の頃だったから今から四年くらい前、二〇二〇年くらいのことだっただろうか。

その頃、私はある事情から　毎日着物を着て出歩いていた。

ある朝、私はいつものように喫茶店でコーヒーを飲み、帰ろうとしていた。その帰り際、私はレジの前で注文している老齢の女性の傍を通り抜けた。

「あらー、素敵な着物ね」

背中越しにその老齢の女性が声を上げるのを私はきいた。着物を着ているとそういうことは珍しいことではなかった。私はその老齢の女性の声を無視する形でそのまま店から出た。

それからも何度か同じようなことがあった。

老齢の女性は私の着物姿を見る度に、

「素敵な着物ねえー」

と声を上げる。

時には私に聞かせるようにわざとらしく声を出して、

「あら、今日はまた違ったお着物を着ているのねえ」

と言うようなこともあった。

それで、私も段々とその老齢の女性を認知するようになった。その女性が私に対して興味を抱いているらしいことは間違いなさそうだった。近々話しかけられそうだなという予感はあった。

あるとき、私が店の入口に近い席でコーヒーを飲んでいると、店に入ってきたその老齢の女性が声をかけてきた。

「いつも素敵なお着物を着ていらっしゃるけど、それはご自分で着付けされているの？」

「あ、はい。そうです」

反射的に私はそう答えた。

着物を着ていると未知の人から話しかけられることが偶にある。その際、聞かれることの多くが着付けのことに関してだった。世の中には着物は着るのが難しいもの、というような固定観念があるらしく、実際はさして難しいものでもないのだが、着物を自分で着ているというだけで、まるで特殊技能を持っているかのように扱われてしまう。

「あらー、お若いのにすごいわねー」

「ああ、ありがとうございます」

私も褒められることには慣れてしまっていて、ついついおざなりな返答になってしまう。

すると、

「わたしはね、そこの建物に住んでるんだけど、毎朝窓からあなたの姿を見かけていてね、気になってお店に来るようになったのよ」

老齢の女性が店の近くの建物を指さして言った。

その老齢の女性の説明によると、女性には毎朝体操をする習慣があり、その際に窓から顔を出して深呼吸をするのだそうである。

たしかに朝喫茶店に入ろうとするとき、店の近くの建物の二階の窓から顔を出して外を眺めている老婆がいることは私も知っていた。ただ、その老婆と今私に話しかけてきている老齢の女性とが同じ人物であるとは私も思わなかった。老齢の女性に言われてはじめて、二階の窓から顔を出している老婆と常連の老齢の女性との顔が私の頭の中で重なった。

それから、私はその老齢の女性と幾つかの言葉を交わした。女性は自分の苗字と年齢を名乗って、先に言った建物で一人暮らしをしているのだと言った。

それが加藤さんだった。このときはたしか九十四歳だと言っていた。

「わたしの亡くなった夫の着物があるんだけど、ぜひあなたに着てもらいたいわ」

このときの会話をきっかけに、私は加藤さんとの幾つかの短い、しかし確かな印象に残る交流をすることになった。

・着物

ある秋の日の朝、私は加藤さんに招かれて初めて加藤さんのお宅に行くことになった。

「着物を取ってきたから取りに来てちょうだい」

いつもの喫茶店でコーヒーを飲んでいる私に、加藤さんが来店早々声をかけてきたのである。

初めて加藤さんに話しかけられて言葉を交わして以来、加藤さんは私と顔を合わせる度に、「亡くなった夫の着物をあげたい」と私に言った。私も本当にもらうつもりはなかったが、着物には興味があったのでその都度「ぜひ見せてください」と加藤さんに話を合わせていた。

会う度に「あげたい」と言っていた言葉があるときから「今度荷物を置いている家に着物を取りに行くから、取ってきたらあなたにあげるわね」に変った。このときも私は加藤さんの言葉を本気にはしていなかった。

しかしこの日、加藤さんの言葉が「取りに来てちょうだい」になった。

こうなっては形だけでも見に行かなくてはならない。私は飲みかけのコーヒーを一息で飲み干して、加藤さんのお宅に同伴するために座席から立ち上がった。

加藤さんのお宅は喫茶店とは道路を一つ挟んで隣の建物である。目と鼻の先という言葉があるが、それどころの近さではなく、鼻の穴と穴くらいの近さであった。普通に歩いても十秒も掛からない距離である。私は加藤さんについていく形でゆっくりと後ろを歩いた。

加藤さんのお宅は横幅の狭い地上三階建ての建物で、家というよりは商業用に建てられたビルのような外観であった。

またその入口も、扉が金属製の枠をしたガラス扉で、家の玄関というよりは事務所の入口のようだった。

「あれ、ドアなんてありましたっけ？」

その扉を見て、思わず私は疑問を口にした。喫茶店に行くとき、毎日のように加藤さんの住居を目にしていながら、入口に扉がある印象が全くなかったのである。

「ふだんはシャッターを下ろしているからドアは見えないのよ」

扉の鍵を開けながら、加藤さんが言う。

「ああ、それでなんですね」

それで私は納得した。加藤さんのお宅の扉の印象がなかったのは単に私が見えていなかったからではなく、そもそもシャッターによって入口自体が見えなくなっていたからであった。

しかし、普段は玄関の扉が隠されている家とは、考えてみるとかなり不思議な構造の家である。

加藤さんが扉の四角い取っ手を引いて、玄関を開け放つ。中に入ると、

「どうぞ、入ってください」

「失礼します」

それで私も中に入った。

「散らかってて恥ずかしいんだけど」

家の中も、家というよりはやはり事務所のような造りだった。一階は全面客間のようで、他に部屋は見当たらない。間口が狭く奥行きのある造り

は鰻の寝床を連想させた。

「ちょっと待っててね、今取ってくるから」

加藤さんはそう私に言い残すと、奥の方へと行き、二階へ上がったのか途中で姿が見えなくなった。

私は入口で立ち止まったまま辺りを見回した。確かに加藤さんの言葉の通り家の中は雑然としていて、玄関口にあたる場所だけでも骨董品らしき物が床に乱雑に置かれていたり、半開きになった段ボール箱がそのままになったりしていた。ただ、よく見ると生活用品の類は見当たらず、テレビや台所といったものもなかった。生活空間はどうやら二階にあるらしかった。

「おまたせ」

しばらくして、加藤さんが包みを抱えて戻ってきた。

「どうぞ」

加藤さんが入口近くにあるイスの上にその包みを置く。包みは二つあり、和風の紙に包まれていて、その表面には筆書体で貴装と印字されてあった。包みの紙の色も新しく、私に見せるためにわざわざクリーニングに出してくれたようだった。

「もしかして、クリーニングに出してくれたんですか？」

「それはそうよ。あなたに着てもらうかもしれないんだから。そんなことより早く開けてみてちょうだい」

「はい。では失礼します」

それで、私はガーゼのような紐で結ばれた包装を解いて、包みを開けた。包の中には紺地の着物が入っていた。何の生地かはわからないが素人目には高級な物に見えた。

「いい着物ですねー、大島ですか？」

私が当てずっぽうで知っている生地の名前を言うと、

「いや、これは大島ではないわ」

「何の生地ですかね。何か紋様が入っていますけど」

「何でしょうね。わたしもわからないわ」

「小紋かなあ。こんないいもの、本当に頂いてしまっていいんですか?」

「いいのよ。放っておいたって、着る人がいなかったらいつかはゴミになっちゃうんだから。それに、わたしはあなたみたいな人に着てもらいたいのよ。ほら、早く着て見せてちょうだい」

「はい」

それで、私は包みから着物を取り出して袖を通してみた。クリーニングに出したての着物は余計なにおいもなく、さわやかな肌触りがした。しかし、残念なことに着物は私には明らかに小さく、身丈も裄丈も全く足りなかった。

「うーん、ちょっと自分には小さいですね」

「あら、やっぱり小さかったかしら。あなた身長は何センチあるの?」

「自分は一八〇あります」

「あら、ずいぶん背が高かったのね。うちの主人が一七〇くらいだったから、それは足りないわけだわ」

残念ですが、と言って着物を辞退しようとすると、せっかくクリーニングにも出したものだから私さえよければ持っていってほしい、と言われた。私も着物には少し未練も残っていたので、それなら着るために何か工夫をしてみます、と言って着物一式(もう一つの包みには羽織が入っていた)を頂くことにした。どこかの専門店で丈直しをしたら、もしかしたら着れるようになるかもしれなかった。

着物のやりとりが一段落すると、雑談の時間になった。私は入口のイスに腰をかけて加藤さんの話をきいた。その話のほとんどが加藤さんの身の上話であった。

加藤さんは以前は亡くなられたご主人といっしょに不動産業をしていたのだという。この町で三十年以上に渡って町の不動産屋としてこの地域に携わってきたのだ。

たしかに加藤さんが住んでいるこの住宅は、家と呼ぶには少し不自然で、入る前から違和感を覚えていた。加藤さんの口から以前は不動産屋だったときいて、なるほどこの空間も不動産屋時代に事務所として使っていたのだろうと推察できた。

加藤さんの話を聞きながらそれとなく辺りを観察してみると、部屋に置いてある机や椅子なども、家庭用というよりはオフィスワーク用の物で、不動産業を引退された後もそのまま使っているように見えた。

また加藤さんの住居があるこの場所は、駅前の目抜き通りの始まりにあたる立地にあり、いわば一等地であった。この場所で不動産屋をしていたのなら加藤さんは相当裕福な人なのではないかと思った。

話は加藤さんの不動産屋時代の話になる。

あるとき春から大学生になるという女の子のアパートを加藤さんが世話することになった。

その女の子は地方から上京してきて初めて一人暮らしをするという子で、本当に右も左もわからないような女の子であったという。

加藤さんはその女の子と一緒に何軒か物件を回って無事にその内の一軒に決まったのだが、その女の子のあまりの世間知らずぶりに、加藤さんは堪らず心配になってしまい、つい色々とお世話をしてあげたのだそうである。

女の子のためにアパートに行って食事を作ってあげたり、女の子を自宅に招いて夕食を共にしたりした。女の子の大学生活四年間の間に加藤さんはその女の子と家族ぐるみの付き合いになった。

そして、女の子は無事に大学を卒業することができた。女の子は社会人になった後も時々加藤さんの店に顔を見せに来るなど、その付き合いは続いた。そしてあるとき、その女の子が結婚をするから婚約届の証人になってほしいと加藤さんの元に頼みに来た。当然加藤さんは喜んで証人になった。そして結婚式の仲人も、女の子たっての希望で加藤さん夫妻が勤めたのだという。

結婚式のときにね、その女の子がわたしたち夫婦のことを「横浜のお父さんとお母さんです」と紹介したのよ、と加藤さんは誇らしそうに語った。

「わたしは人の面倒を見るのが好きでね。どういうわけか人も私のことを頼ってくるのよ。この間も○○さんの秘書が来てね、ここでお茶をしていったのよ」

○○さん、というのは地元の衆議院議員の名字である。そう言われて、加藤さんの住宅の側面の外壁にはいつも自民党の議員のポスターが貼られていることを思い出した。そのことを、私は加藤さんにきいてみた。

すると、加藤さんは得意そうに、自分は昔から○○議員の支援者であることを表明した。○○議員が選挙の際には、いつもおにぎりなどの差し入れを作って○○議員の選挙事務所に駆けつけるのだという。

加藤さんは自民党の党員でもあり、いつもその○○議員の秘書が党費を徴収するときに加藤さんの家を訪れ、お茶を飲んでいくのだという（加藤さん曰く、その秘書は「サボりに来ました」と言って加藤さんの家に来るのだそうだ）。

その話をきいている間、私は少し憂鬱になった。私はどちらかといえば反体制的な政治観であったし、私にとっては自民党の議員というのは常に批判の対象であった。加藤さんの話をきいていると、加藤さんは明らかに富裕層側の人間で、なるほどこういう人たちが自民党を支え、自民党もこういう人たちを対象に政治をしているのだろう、と思わされた。

加藤さんの話をききながらぼんやりと辺りに視線を漂わせていると、ふと机の上に飾られた写真立てが目に映った。写真立ての中の写真には、三十代くらいの女性と小さな女の子が映っている。

「お孫さんですか？」

私は何気ない気持で加藤さんにきいた。加藤さんの年齢を考えればお孫さんくらい居ても何も不思議ではなかったからである。

「そうよ。息子の子どもなの」

このとき、私は初めて加藤さんに息子さんがいることを知った。

「かわいいですね。息子さんはお着物には興味ないんですか？」

息子さんがいるのなら、息子さんがご主人の着物を着たらいいのに、という気持だった。

「それがね、わたしの息子ももういないのよ」

「え？」

「わたしの息子もね、もう死んじゃってるの。だからあなたに着物を着てもらいたいのよ」

私は一瞬言葉を失った。

「そうなんですか。それは失礼しました」

「いいのよ。別に隠すようなことじゃないから」

「……お幾つだったんですか？」

「二十九だったのよ」

「そんなにお若く」

再び私は言葉を失った。

私は自分の頭の中のイメージで勝手に加藤さんの息子さんの年齢を五十代とか六十代の中高年のイメージに決めつけていた。加藤さんは齢も九十歳を越えていたし、息子さんの年齢も当然相応の年齢であると思ったのだ。だから、頭の中では加藤さんの返事をきく前から既に幾つかの言葉が浮かんでいて、「癌だったんですか？」とか「まだお若いのに」そういうありきたりなお悔やみを言う準備をしていたのだ。更にいえば、加藤さんの息子さんが亡くなられたのも最近のことだろうと勝手に決めつけていた。だから、私は加藤さんがそんなにも早く息子さんを亡くされていたとは思いもしなかった。二十九歳といえばまだ青年といってもいい年齢である。

「一人息子だったのよ」

「それは、ずいぶん、……」

中々言葉が見つからなかった。

「何かお病気だったんですか？」

癌や自殺が頭を過った。人がそんなにも若くして亡くなってしまうには何か理由があるはずである。

「本当に急だったのよ」

加藤さんは息子さんが亡くなられたときのことを私に話し始めた。

突然の死であった。加藤さんの息子さんは大学を卒業後加藤さんの不動産屋に就職し一緒に働いていた。その日、も何の異変もなく息子さんは朝から元気に仕事をしていたのだという。昼になり社員たちが皆昼食を食べに外に出かける中、息子さんだけが職場に残って仕事をしていた。そして昼過ぎに戻ってみると息子さんは倒れていたのだという。

最初に見つけた社員がすぐに救急車を呼んだ。近くの飲食店で食事をしていた加藤さんも呼ばれてすぐに事務所に駆け付けた。考えられる応急処置は全てしたが息子さんの意識が戻ることはなかった。救急車が到着し病院に運ばれたが、時すでに遅く何の治療も施されることなく病院で死亡が確認された。死因は心筋梗塞だった。

加藤さんにとっては正に青天の霹靂であった。まさか自分の息子が自分より先に、それも二十九歳という若さで突然いなくなってしまうなどとは、当然夢にも思ったことはなかったのである。

「……そうですか。それは残念でしたね。そんな理不尽なことが。……息子さんのお名前は何というんですか？」

「ゆたか、よ。曲がるに豆と書いて豊。豊作の豊」

尾崎豊と同じ名前だ、と思った。私はミュージシャンの尾崎豊の大ファンであったから、加藤さんの息子さんの名前は瞬時に私の頭に刻み込まれた。

「豊さんかあ、いい名前ですね」

「これ、息子の遺影なの」

加藤さんが机の上に置かれていた写真を手に取り、私に見せた。少しふっくらとした眼鏡をかけた青年がこちらを向いてやさしく微笑んでいる。

「やさしそうないい笑顔ですね」

「そうなのよ。もうやさしすぎるくらい良い子でね。わかる？」

「わかりますよ」

「本当にね、親バカだって言われるかもしれないけれど、本当に良い子だったのよ。やさしくて、親思い友だち思いの子でね」

そうして、堰を切ったように加藤さんは息子さんの話が止まらなくなった。加藤さんは一人息子の豊さんがいかにやさしくて、どれほど友だちたちに慕われていたかを私に話した。

加藤さんの話をきいていると、息子の豊さんは如何にも裕福な家庭で育てられたお坊ちゃん、という印象だった。学校も小学校から大学までエスカレーター式で有名な私立のお坊ちゃん学校であったし、一人息子で本当に何の屈託もなく育ったのだろう。

例えばこんな話である。

豊さんが加藤さんの会社で働き始めて三年目のことだった。あるとき豊さんが加藤さんに、

「お母さん、悪いんだけどぼく車屋さんになりたいんだ」

と突然言ってきたそうである。

豊さんは加藤さんの会社に就職したが、本当は車屋になるのが夢で、期間限定でもいいから他所で働かせてほしい、と頼んできたのだそうだ。

「あんたがそんなに言うのなら」と加藤さんはよろこんで豊さんを送り出した。そして同じ区内のスズキの代理店で働き始めた豊さんは、たった一か月でトップのセールスマンになってしまったのだという。学生時代の友人たちが皆「豊が車屋になったのなら」と車を買いに来てくれたのだ。

豊さんが自動車販売でもトップのセールスマンになったことは、加藤さんにとっても余程うれしい出来事だったのだろう。加藤さんは豊さんがたった一か月でトップの売り上げを上げた、ということを何度も強調した。

しかし、豊さんはその長年の夢であった車屋の仕事をわずか半年で辞めてしまう。

「お母さん、思ってたよりおもしろくないんだよ」

豊さんは自分から友人たちにセールスをかけたわけではなかった。むしろ友人たちに隠れて車屋を始めたわけだが、何かのタイミングで友人たちに知られると、皆が挙って豊さんの店で車を買い、豊さんは忽ちトップセールスマンになってしまった。そのことが豊さん的には不本意であったらしい。そして豊さんが直接的に言うことはなかったが、職場の同僚の妬みややっかみも相当あったということだった。

長年の夢であった車屋の仕事を半年で辞めると、再び豊さんは加藤さんの会社に戻った。それからの日々は、まさに順調そのもので、結婚し子どもも生まれ、加藤さん夫妻も少しずつ会社を豊さんに任せ始めていた。その矢先の突然の不幸であった。

加藤さんがその全身の愛を注いで豊さんを育てられていたことは、加藤さんの話をきいていて痛いほどによく伝わった。それだけに、加藤さんが豊さんを亡くされたときの悲しみや苦しみ、痛みは、到底私の想像も及ばないような凄絶なものであっただろうと思われた。私も三年前に父を亡くしていたから、家族を亡くした悲しみはよくわかるつもりではいた。

「豊のお墓はね、総持寺にあるのよ。石原裕次郎のお墓も総持寺なの」

豊さんの死から数十年経った今でも、加藤さんは豊さんの命日になるとお墓参りを欠かさないのだという。訊くと豊さんの命日は十一月の二十一日で、今からちょうど一か月先だとわかった。私は加藤さんと話をしながら頭の中で「十一月二十一日」を繰り返し唱えて、豊さんの命日を忘れないようにした。

そうして加藤さんの話は終った。

「ごめんなさいね、長々と話をきかせちゃって」

「いえ、いいんです。お着物ありがとうございました。何とか着る方法を探してみたいとおもいます」

着物が入った紙包みを両手で捧げるようにして持ちながら、私は丁寧にお礼を言って加藤さんのお宅を辞去した。

そして外へ出ると、私は今の時間を確認するために駅まで歩いた。

駅の時計を見ると時刻は午後の十二時になろうかとしていた。

加藤さんのお宅に行ったのが午前八時半頃だったから、実に三時間以上も加藤さんの話をきいていたことになる。

私は加藤さんに頂いた着物の包みを一旦駅の床に置いて、ポケットからメモ帳とボールペンを取り出すと、頭の中で繰り返し唱え続けていた日にち「十一月二十一日」をメモ帳に書いて、加藤さんの息子、豊さんの命日の日と書いた。着物のお礼ではないが、豊さんの命日の日に加藤さんに何かをしてあげたいと思った。

・花束

それから一か月が過ぎた十一月二十一日、加藤さんの息子さんの命日にあたる日に、私は隣町の駅前の喫茶店で加藤さんが来るのを待っていた。

私が座っているテーブル席の向かいのイスにはビニール袋が置いてあり、そのビニール袋の口から花束が顔を覗かせていた。その花束は、加藤さんに息子さんの遺影の前に飾ってもらえたらと、前の日に花屋に行き作ってもらっていたものであった。いわゆる仏花ではなく、店員に季節の花を中心に選んでもらったもので、包装も透明なパラフィン紙で包んでもらっただけのシンプルな花束である。

私の居る隣町の駅前の喫茶店は毎日朝の七時半から営業をしている。私はいつも開店直後かそれより少し遅いくらいに店に行き、四十分から一時間くらいコーヒーを飲み、店を出た。加藤さんはいつも八時半くらいに店に来るので、会うときは入れ違いになることも多かった。

私は店内で最も入口に近い席に座り、加藤さんが来るのを待っていた。加藤さんはほとんど毎日のように店には来るものの、今日も同じように来るという保証はどこにもなかった。事前に電話をして伝えるということもしなかったから、加藤さんが店に来なければ持ってきた花束も意味がなくなってしまう。直接家を訪ねて渡せばよさそうなものだがそれは選択肢の中には浮かばなかった。それまで私から加藤さんのお家を訪ねたことは一度もなかったし、訪ねようという気もなかった。私は普段というか日常の延長として加藤さんにお花を渡したかったのである。

私は加藤さんが来る可能性のある時間帯まではできるだけ待とうと思っていた。コーヒーを飲み干して間もなく、加藤さんの姿が見えた。

「あら、〇〇くん、おはよう」

店に入ってきた加藤さんが私を見つけて声をかけてくる。

「あ、おはようございます」

私も席に座ったまま普段通りに挨拶を返した。

「今日もいい天気ねえ」

そう言いながら、加藤さんはとことことレジの前まで歩き、「おはようございます」と店員にも挨拶をした。そうして、「モーニングのセットをお持ち帰りで、飲み物はホットミルク」といつも頼むメニューを注文すると、手にぶら下げていた紙袋を店員に差し出し、「この袋に入れてちょうだいね」

加藤さんは店に来るときにはいつも自分の紙袋を手にぶら下げてきていた。当時はコロナ禍の真只中でもあったから、加藤さんが店で食事をしていくということもなかった。

そうして会計が終ると、加藤さんはレジに隣接しているキッチンカウンターの前まで行き、注文した料理が出来上がるのを待つ。店の混雑具合にもよるが、料理が出来上がるまでの時間は早ければ五分と掛からない。

私はその一連のやりとりを、顔は外に向けたまま、耳だけを澄ませて聴いていた。そうして加藤さんの会計が終り、後は料理が出来上がるのを待つだけだとわかると、イスから立ち上がり、向かいのイスに置いていた花束の入ったビニール袋を手に取った。

そして、ビニール袋を持って加藤さんの前まで行くと、

「あのー、今日ってたしか豊さんの命日の日でしたよね。よかったら、これ、豊さんにお供えしてあげてください」

そう言って、花束の入ったビニール袋を加藤さんに差し出した。ビニール袋の口からは白い可憐な花の集まりが覗いて見える。

「あらっ」

と言った加藤さんは、一瞬口を噤んで、それから、

「おぼえていてくれたの?」

と驚いたように言った。

「はい」

と私が応えると、

「あらー」

と言って加藤さんは言葉を失ったように黙り込んだ。そして、

「ありがとうね」

と声を絞り出すようにして言葉を出すと、片方の手で目元を覆った。加藤さんの目が潤み、小さな涙の粒が両の瞳から滲むようにして現れたのを私は見た。

正直に言えば、加藤さんの反応は決して予想外のものではなかった。私としても、ある程度はよろこんでもらえるだろう、感動してもらえるのではないか、という打算のようなものはあった。しかし、それを加味しても、加藤さんが涙を流してよろこばれる姿には私も心を動かされた。

「天国の豊さんのためにも、どうか元気でいてくださいね。豊さんも、きっと加藤さんが元気でいてくれることを望んでいますよ」

私は加藤さんを励ますように言った。本当は加藤さんの目に流れる涙を拭ってあげたかったが、それはできなかった。しばらくの間、私は加藤さ

んが落ち着くのを見守った。

加藤さんは片手で目元の涙を拭いながら花束を見て、

「きれいね。これどうしたの？」

「お花屋さんに作ってもらいました」

「わざわざ今日のために作ってもらってくれたの？」

「はい」

「ありがとう。本当にきれいだわ。お墓参りは昨日行ったから、お花はお部屋に飾らせてもらうわね」

「はい」

無事に加藤さんに花束を渡すことができた。

「それでは」

それからの私は、加藤さんをその場に残したまま、そそくさと逃げるようにして店を出た。別に恥じるようなことは何一つしていなかったのだが、自分の行為に気恥ずかしさのようなものが少なからずあったのだ。店員や店内に居る客に自分の行いが見られているという自覚もあったし、それらの目を意識して振舞っている部分もあった。直接家に行って渡せばよいものを、わざわざ公共の場を利用して、それも周りに見せつけるようにして渡したという後ろめたさもあった。

しかし、一度店から出ると、心には肩の荷が一つ下りたような爽快さがあった。加藤さんにお宅に招かれて息子さんの命日を聞いた日から、一か月間ずっとこの日が心に引っかかっていたのだ。

私は自分のプレゼントした花束が加藤さんの息子さんの遺影の前に飾られる姿を想像した。

加藤さんにとって今日という日はおそらく一年の中で最も大切な日であるだろう。そんな日が私がプレゼントした花束によって少しでも華やかなものになってくれるなら、私も少しは良いことをできたのではないかな、そう思った。今年だけでなく、来年もそのまた来年も、できることなら今日のように加藤さんの大切な人のためにお花を添えてあげたい。

家への帰り道を歩きながら、私は今日という日、十一月二十一日を絶対に忘れないようにしよう、と固く心に誓った。

・電話

私が加藤さんと交流を持ったのは二〇二〇年から二十二年の間で、ちょうどコロナ禍にあたる時期であった。

着物を貰うために初めて加藤さんのお宅に招かれて以降も、幾度か加藤さんのお宅に伺うことはあったが、私の方から加藤さんのお宅を訪ねるということはしなかった。だから、加藤さんと話をする場所は基本的には隣町の駅前の喫茶店で、それも数分間立ち話をするというような淡い交流であった。

加藤さんは私に会うと頻りに自分が武士の家の出であることを語った。

「わたしの先祖はね、群馬県の○○村にルーツがあるのよ。わたしは△△という武将の子孫なの。家に帰ったら、ぜひ○○村の△△武将で調べてみてちょうだい。きっと名前が出てくるから」

△△武将の子孫だということが、加藤さんにとって誇りでありアイデンティティーであるようだった。

そんな加藤さんの話を聞きながら、私はいつも心に違和感を抱いていた。

私は両親共に農民の出であったし、おそらくはどんなに先祖を遡ってみても武士には辿り着かない血筋であった。しかしそのことに私は特に引け目は感じていなかったし、他人の出自に対しても特別な感情を抱くということもなかった。そりゃあ余程特殊な出自、例えば平安時代の陰陽師の末裔です、とか戦国時代から続く××家の第百何代目の当主です、と言われれば、さすがに興味関心は引かれただろうが、○○村の△△武将の家柄ですと言われても、「はあ、そうですか。それはすごいですね」という以外の言葉が見つからないのだ。

だから、加藤さんが武士の家柄であろうとなかろうと、私の加藤さんに対する態度は変らないし、それによって敬意を抱くというようなこともなかった。

しかし、それでありながら、加藤さんは私に対して繰り返しその自分の出自を語った。その姿はまるで、自分が武士の家柄であることが他人に対しても大きな効果を持っていると信じて疑わないような口振りであった。加藤さんという人はプライドの塊のような人だなと思った。

そう思うと、加藤さんは店に来るときには必ず眉毛を描いていた。直線的なしっかりとした上がり眉で、いかにも気の強い加藤さんが描きそうな眉毛だった。そして髪の毛も、常にきっちりとしたパーマがあててあり、白髪はなく、染色していたのか常に黒に近い色をしていた。

そしてその立ち姿も、小柄ではあるがいつも背筋をぴんと伸ばしていて、とても九十歳を越えた年齢には見えなかった。

若くして息子さんを亡くし、旦那さんに先立たれても尚この都会で加藤さんが一人で生活できているのは、加藤さんのその強烈なプライドによって支えられていたのかもしれない。

＊

加藤さんには着物以外にも何度か頂き物をもらった。

店で会ったとき、たまに
「おいしい〇〇が届いたから取りに来てちょうだい」

と言われ、加藤さんのお宅まで行って頂くことになる。

加藤さんは独り暮らしをしている関係でよく食べ物のお取り寄せを利用しているようだった。

基本的に加藤さんに頂いた品は全て上等品で、いつだったかに頂いた静岡県産の海苔の佃煮は本当に絶品だった。

最初は私も何の遠慮もなく加藤さんの好意を有難く頂戴していた。しかし、回数が重なってくるにつれ、次第に貰ってばかりいるのが申し訳なくなってきた。

あるときのことだ。

「××が届いたから取りに来てちょうだい」

と普段の調子で言ってきた加藤さんの申し出を私は断った。さすがに貰いすぎだと思ったのだ。

「あら、××嫌いなの？」

と、意外そうに言う加藤さんに、

「いや、嫌いというわけではなくて、いつももらってばかりいるので申し訳なくて」

そう言ったときの私は極めて軽い気持であった。まさかそれが加藤さんの気持を逆撫ですることになるとは思いもしなかった。

私の言葉を聞いた加藤さんは、俄かに表情が変った。それまで笑顔だった表情が不意に硬くなり、

「あなたが申し訳なく思う必要なんてないのよ。わたしは自分がおいしいと思うものを人にも食べてもらってよろこんでもらうことがよろこびなの。でもいいわ。あなたがそう言うのなら、もうあげるのをやめるわね」

初めて見るような加藤さんの表情であった。無表情に近い冷たい顔だった。

この日から加藤さんが私に対して物を取りに来て、と言うことはなくなった。加藤さんの私に対する態度も、この日を境にもう以前のように親しさを前面に出してくることはなくなったように思う。私自身も、加藤さんに対して後味の悪さというか、心にしこりのようなものが残った。

＊

春が過ぎ夏を迎えようというあたりから急に加藤さんのことを見かけなくなった。以前であれば、たとえ店で会わなくても二階の窓から顔を出している姿を見かけることはあったが、それもなくなった。

加藤さんはどうしているのだろうと思っている間に季節は進み、やがて再び息子さんの命日の日になった。

その日、私は花束を用意していなかった。

前年の加藤さんが涙を流してよろこばれた姿はまだ記憶にも新しかったし、決して命日を忘れていたわけではなかった。

では、なぜ花束を用意していなかったのかといえば、それはもう以前のように加藤さんが店には来なくなっていたことと、加藤さんの善意を断って以来私自身も加藤さんに対してぎこちなさを感じるようになっていたからである。

息子さんの命日の日、私は普段通りに隣町の駅前の喫茶店でコーヒーを飲んでいた。心のどこかでは花束を用意していないことが気に掛かっていて、もし加藤さんが来たらどうしよう、できれば来ないでほしい、そう願う気持さえ少なからずあった。結局、私がコーヒーを飲んでいる間は加藤さんが店に来ることはなかった。帰り際そのことにほっとしている自分に私は後ろめたさを覚えた。

その日の夕方、私は初めて加藤さんの携帯に電話をかけた。花束のことが朝からずっと心に引っかかっていたのだ。

もし加藤さんが元気なら去年と同じように花束を渡したい。まだ花束自体は用意していなかったが、電話が繋がって話が通ったらすぐにでも花屋に行って花束を買って加藤さんのお宅に伺うつもりだった。とにかく、居ても立ってても居られなくなったのである。

加藤さんの電話番号自体は、昨年着物を頂いたときに教えてもらっていた。

番号を紙にメモしているとき、加藤さんに「いつでもかけてちょうだいね」と言われていたが、家に帰り自室の机の上にそのメモを置いたきり、結局一度も電話を掛けることもないままに一年が過ぎてしまっていた。

私は自室の物が山積している机の上から加藤さんの電話番号が書かれているメモを探した。そうして、十五分ほど掛かってようやく一年ぶりにそのメモを見つけることができると、スマホに加藤さんの番号を入力した。加藤さんはこの時点でも既に相当な年齢であったたし、もう数か月近く姿を見かけていなかったから、半分は覚悟もしながらの電話であった。

発信ボタンを押し、スマホを耳に押し当てる。電話が繋がらないことも予想したが、すぐに電話は繋がってくれた。

呼び出し音が数回鳴り、音圧が変った。

「もしもし」

よく知っている人の声がきこえてきた。

「あ、もしもし、加藤さんのお電話でしょうか？」

「はい、そうです」

「えーと、私は○○と申します。あのー、いつも駅前の喫茶店でお会いしていた」

そう私が身分を名乗ると、

「あら、○○君、どうしたの？」

思っていたよりもずっと元気そうな加藤さんの声であった。

それで私は戸惑いながらも私が加藤さんに電話をした経緯を説明した。

すると、加藤さんは持病の喘息が悪化してしばらくの間入院していたのだと言った。今は元気になり家に戻ったが安全を第一にして毎日家に引きこもっているのだという。

「あー、そうでしたか。それは大変でしたね。えーっと、今日って豊さんの命日の日でしたよね。もし迷惑でなければこれからお花を届けに伺いたいのですが」

思い切って私は話を切り出した。すると、

「お気持はありがたいんだけど、結構よ。昨日も家族でお墓参りに行ってしっかりと供養を済ませてきたから。お気持だけで充分よ」

はっきりと私を拒否する冷たい響きだった。

私は断られることを想定していなかった。昨年のこともあり、今回も当然のように喜んでもらえるものとばかり考えていたから、加藤さんの言葉は私が想像していたものよりもずっと冷たく感じた。

「あ、そうですか。わかりました。それではお身体お大事にしてくださいね」

そう言って私は電話を切った。このとき、頭には以前加藤さんの申し出を断ったときのことが過っていた。はっきりと後味の悪さが残った。

＊

そして二十二年の春のことだ。久しぶりに加藤さんが店に姿を見せた。息子さんの命日の日に電話をしたとき、入院したり家に引きこもっているると聞いていたので心配していたのだが、加藤さんは思っていたよりも元気そうであった。

普通病気をすると、当人がどんなに元気に振舞ってみても必ずどこかに病気の影が覗くものだが、加藤さんの姿はむしろ以前とほとんど変らないように見えた。

加藤さんは私に会うなりこう言った。

「○○君、わたしは出家するのよ」

「出家、ですか？」

「そう、出家。わたしね、アマさんになるの。わかる?アマさんって」

「はい。女性のお坊さんですよね」

「そう。女のお坊さん。いつもお世話になってる総持寺の和尚さんにね、出家を勧められたの。だから、わたしもうすぐアマさんになるのよ」

尼さん、ときいてまず第一に私の頭に浮かんだのは頭髪のことであった。常に頭を白髪染めにして、人前に出るときには化粧を欠かさなかった加藤さんが、出家をして頭を丸めるということは私には対極にあるように感じた。それで、

「あまさんってことは、髪の毛も落とすんですか？」

と聞くと、

「ううん、落とさないわ。総持寺の和尚さん曰くね、髪の毛はそのままでいいんだって」

加藤さんの説明によると、加藤さんは尼になるからといってお寺に入って修行をする訳ではないから、頭を丸める必要はないのだそうである。

その説明をきいたとき、私は
「はたしてそれで意味はあるのだろうか」

と思ってしまった。頭を丸めることで俗世と縁を切り尼という特殊な存在になるわけで、頭は丸めない、修行もしない、では本当に尼さんになったといえるのだろうか。お金だけたくさん寄付をしてそれで「はい、今からあなたは尼になりました」と言われたところで、そのことにいったい何の意味があるというのだろう。

しかし、もう一方では、それも加藤さんらしいなと思う心もあった。加藤さんは自分が尼になることで人生の区切りといおうか、終活のようなものを始めようとしているのかもしれなかった。そうすることで精神的な安らぎを求めることができるのなら、それはもう形だけだったとしてもいいではないか。頭髪に対する疑問は口には出さず、私はただ加藤さんの話に相槌を打った。

結局、加藤さんとお会いしたのはこのときが最後になった。

＊

その年の夏のある日の夕方、私は歯の治療の為に隣町を訪れていた。

私の通っている歯科医院は駅前の商店街の中にあり、自然加藤さんの住居の前を通ることになる。

それは加藤さんの住居の前を通り過ぎようとしたときだった。加藤さんの住居の入口のシャッターが珍しく開いていることに私は気づいた。

「あれ、加藤さん家のシャッターが開いている」

そう思いながら中を覗くと、一人の男が部屋の中にいるのが目に映った。三十代くらいの小太りの男性で、どこかの会社の作業着のようなものを着ていた。

一目で、私は遺品整理の業者の人が入っているのだと思った。一瞬声を掛けようかと迷ったができず、一度そのまま加藤さんの住居の前を通り過ぎた。そうして数歩いてから立ち止まり、数秒逡巡して踵を返した。どうしても加藤さんのことが気に掛かったのだ。

加藤さんの住居の前まで戻り、私は入口から中にいる男性に声をかけた。

「あのー、すみません」

男性が手を止めてこちらの方に顔を向ける。長い時間部屋で作業をしていたのか額には大粒の汗が幾つも浮かんでいた。

「あのー、もしかして片づけの業者さんの人ですか？」

私は頭の中で加藤さんに何かがあったのだと半ば決めてかかっていた。この作業服を着た男性は、加藤さんの遺族の人が依頼した専門業者か何かの人に違いない。

「どのような要件の方ですか？」

男性が訝しげに私のことを見て言った。

「ここって、加藤さんっていうご高齢の女性の方が住んでいましたよね。もしかして加藤さんに何かあったんですか？」

「たしかにここには加藤が住んでいましたが。加藤とは何か関係がある方ですか?」

「いや、関係があるというほどの関係ではないのですが、加藤さんとは以前そこの喫茶店でよくお会いしていて、最近加藤さんの姿をお見かけしなくなっていたので、お元気かなって心配していたんです」

私は加藤さんとの関係をどう説明したらいいのか迷いながら男性に説明した。

「ああ、そうでしたか。加藤の知り合いの方でしたか」

俄かに男性の表情が和らいだ。明らかに私に対する警戒心が解けたようだった。

「えーっと、加藤さんはまだご健在なのでしょうか?」

恐る恐る、私は男性に訊ねてみた。頭の中では一つの答えが返ってくることしか準備していない。

すると、男性は軽く笑って、

「ああ、元気ですよ。今朝も荷物を整理しに来て、ついさっきまでここにいたんですよ」

「えっ、そうなんですか?それはよかったです。以前加藤さんに電話したときに喘息で入院されていたと聞いていたので、体調があまりよろしくないのかなあと心配していたのですが。そうですか、お元気だと聞いて安心しました」

男性の予想外の言葉に、私はすっかりうれしくなって言った。

「ああ、そうです。そういうこともありました。実は加藤はもうここには住んでいなくて、今は施設に入っているんですよ。それでわたしが加藤の代わりに荷物の整理をしに来ているわけなんです」

男性の話をきいて、ようやく私は中にいる男性が加藤さんの関係者の方だと知った。

たしか加藤さんの息子さんには娘がいたはずであった。その娘さんが成人して結婚をしていても何ら不思議はない。この男性は加藤さんのお孫さんの縁者にあたる方かもしれないと私は推察した。

「お片づけは一人でやられているんですか？」

私は男性に訊いてみた。加藤さんの家の中は以前見たときと変らず物が溢れていて、その幾重にも積み重なった物体の中で男性は埋もれそうになっていた。

「そうなんですよ。ただ、全てをわたし一人がやるわけではなくて、後から業者の人たちも来るんですよ」

男性が苦笑いしながら言った。

「暑い中それは大変ですね。どうか熱中症には気をつけてくださいね」

「ありがとうございます」

「いやあー、加藤さんが元気でよかったです。それでは」

重ねて男性にお礼を言って、私はその場から離れた。加藤さんが元気でいると知って心まで明るくなるようだった。

それから数日して、朝いつもの喫茶店で外の景色を眺めながらコーヒーを飲んでいると、加藤さんの住居の脇に一台のトラックが横付けされるのを私は見た。

そのトラックから数人の若い男たちが出てきて加藤さんの住居に入っていく。男性が言っていた業者の人たちだと思った。

それから三日間、トラックは毎朝加藤さんの住居の脇に止まった。

そして四日目、トラックが来なくなると加藤さんの住居の外壁に「テナント募集中」の張り紙が貼られた。外から見ても、もう加藤さんの住居の中には誰も住んでいないことが分かった。

これで加藤さんに会うことは完全になくなったのだと思った。

・町の掲示板

そして今年の二月の初めのことである。

この日も私はいつものように隣町の駅前にある喫茶店に向かって歩いていた。

家を出て十分ほどが過ぎたときだった。私の家と隣町の喫茶店とのちょうど中間地点に町の掲示板がある。その掲示板の前を通り過ぎようとしたとき、掲示板に貼られた訃報の文字が目に入った。

歩きながら顔を掲示板に向け、訃報に書かれている故人の名前に注目すると、思わず足が止まった。

訃報、加藤〇〇殿

その訃報に書かれた氏名を見た瞬間、私の頭には加藤さんの姿が浮かんだ。あの加藤さんだ、と思った。

名前の横に書かれている享年を見ると九十八歳となっていて、私の記憶の中にある加藤さんの年齢と一致していた。何の迷いもなくこの訃報に書かれている故人は私の知っている加藤さんだと確信した。

「そうかあ、加藤さんはお亡くなりになられたのかあ」

掲示板の訃報の紙に目を向けたまま、私は心の中で独り言ちた。

最後に加藤さんとお会いしてからはもう二年以上の時が過ぎてしまっていた。しかし私の頭の中では加藤さんの顔や表情が確かな輪郭を持って浮かび上がり、加藤さんとの思い出が懐かしくよみがえる。

初めて隣町の駅前の喫茶店で加藤さんに声を掛けられてから、亡くなられたご主人の形見の着物を頂いたり、若死した息子さんのことを色々と話してもらったり、加藤さんとは本当に思いがけぬ交流があった。特に息子さんに纏わる様々なことは私にとってても強く心に残っている。

「ようやく息子さんのところに行くことができたのかなあ」

加藤さんのことを思うと、やはり息子さんのことが頭に浮かんだ。

ずいぶん長い間加藤さんは一人で頑張ってこられたのだから、これで愛する息子さんの元へ行って思う存分今までに失った時間を取り戻してもらいたい。そう、私は思った。

訃報には、既に葬儀は近親者で済ましている、と書いてあった。せめてお線香くらいはあげたかったが、その機会が来ることももうおそらくはないだろう。本当の意味で、私が加藤さんとお会いするのももうこれでないのだ。

悲しさや寂しさは不思議となかった。加藤さんにとっての死は私にはむしろ救済にすら感じた。

私は心の中で加藤さんのご冥福を祈りながら、いつもの隣町の駅前の喫茶店へと続く残りの道を歩いた。

あとがき

この本は２０２１年から２４年にかけて書いた作品を集めたものです。表題作である「死化粧」とその前日譚にあたる「八月十一日」は元々「父の背中」として書いていたものを分解し、短編の長さに再構築したものです。そのため読者の皆さまには読んでいて理解しがたい描写もあったかもしれません。いつか本来の姿である「父の背中」として皆さまに読んでもらえるようこれからも精進します。

また本作の出版にあたっては加藤尚彦さんに、執筆にあたっては佐々木叶子さんに多大なる勇気とお力添えを頂きました。お二人の存在がなければ本作の存在はありません。この場を借りて厚く御礼申し上げます。

死化粧

2024 年 7 月 19 日　第 1 刷

著　者　　舟山勇介
発行人　　武津文雄
発行所　　グッドタイム出版
〒 104-0061
東京都中央区銀座 7-13-6　サガミビル F

編集室
〒 297-0002
千葉県茂原市千町 3522-16
電話 0475-44-5414
Email fuka777@me.com

ISBN 978-4-908993-47-3